इंतज़ार
एक प्रेम कथा

राजू वेंकट स्वामी

ISBN 979-8-89186-993-6

MODEL: SURAJ JADHAV
इंतजार
ON FRONT COVER OF NOVEL

In the Loving Memories of Our Parents
Late Smt Jaya Venkat Swamy & Late Shri Venkat Kuppa
Swamy. We Will Always Miss You Amma Naina,
God Bless Your Soul
Om Shanti Shanti Shanti Om

अस्वीकरण

यह एक काल्पनिक रचना है| सभी व्यक्तियों के नाम चरित्र जगहों के नाम तथा घटनाएँ या तो काल्पनिक है या काल्पनिक संदर्भ में उपयुक्त है| किसी भी जीवित या मृत व्यक्ती जगह या घटना से समानता एक सुयोग मात्र है|

समर्पण

माँ के लिये
ग्रामीण भारत के लिये
नॉन इंग्लिश टाईप्स के लिये

// अभिस्वीकृति //
आभार और कुछ विचार
प्रिय पाठको और मेरे दोस्तों

[SYNOPSIS]
// इन्तज़ार एक प्रेम कथा//

एक ऐसी प्रेम कहानी

जो सभी जाती धर्म, भेद भाव

रंग रूप, अमिरी गरिबी,

इन सब से बिलकुल परे है|

ना ऐसी प्रेम कहानी, आप ने कभी

देखी होगी ना ही सुनी होगी

ये मे दावा तो नही करता,

पर ये मेरा यकीन है|

इस प्रेम कहानी मे जो सबसे बडी समस्या है|

वो है भाषा को लेकर

जहां हमारी नायिका [हिरोईन]

शुद्ध हिंदी भाषावाले राज्य,

उत्तर प्रदेश [यु. पी.] से है|

वही हमारा नायक [हिरो]

तामिळनाडू से है| जहा हिंदी का नामोनिशान नही

सिर्फ तामील बोली जाती है|

एक उत्तर से तो एक दक्षिण से,

जहा नायिका को हिंदी तो आती है|

पर तामिळ भाषा का थोडा भी ज्ञान नही,

और नायक को तामिळ तो आती है|

पर हिंदी से कोसो कोसो दूर

सोचो अगर ऐसे दो विपरीत

राज्यवाले दो विपरीत भाषा बोलनेवाले

अगर एक दुसरे को दिल दे बैठे
और ऊन दोनों में प्यार हो जाए
तो क्या होगा?
वो दोनो अपनी भावनाएँ कैसे व्यक्त करेंगे?
क्या वो अपना प्यार अपनी भावनाए
आँखों से व्यक्त करेंगे, आँखों से बया करेंगे?
या फिर प्यार उन्हे एक दुसरे की भाषा
सिखने पर मजबूर कर देगा?
क्या समाज के ठेकेदार,
अमिरी गरीबी, दोनों के विपरीत भाषाओं को स्वीकार
करेगा?
क्या इनका प्यार कामयाब होकर
ये सदा सदा के लिये जीवनसाथी बन जायेंगे?
यही सभी बाते, कहानी को रहस्यमय और रोमांच
बनाती है।
इस कहानी मे रोमांच है। संगीत है।
सस्पेंन्स है। जो आप को पुरी कहानी पढने के लिये
मजबूर कर देगी और आपका भरपूर मनोरंजन करेगा
ना ऐसी कहानी आप ने (७०) के दशक मे देखी होगी
ना ही सुनी होगी
ना ही आप आज के जमाने मे देख पायेंगे

[THE END]

// इन्तज़ार //
एक प्रेम कथा
// भाग (१) //

ये कहानी त्याग बलिदान और सच्चे प्रेम की है| जो ना आप ने पहेले कभी सुनी होगी ना ही पढ़ी होगी|

[इन्तज़ार] ये शब्द इतना विशाल है की मै इसे अपने शब्दों में बया नही कर सकता और ना ही कोई कवी या लेखक अपने कलम से उसका अर्थ बयान कर पायेगा| इस कहानी में [इन्तज़ार] के सही मायने को लेखक अपने पाठकगण को समझाने मे कितना सफल होते है| ये तो कहानी के अंत मे ही समझा जा सकता है|

1) [इन्तज़ार] तो भगवान को भी अपने सच्चे भक्तो का सदैव रहता है की भक्त अपने भक्ती से भगवान को कैसे प्रसन्न कर पाते है और जब भगवान अपने भक्तों से प्रसन्न होते है तब भगवान उस भक्त को समाज कल्यान के हेतू चुनते है|

२) [इन्तज़ार] एक गर्भवती युती को भी ९ मास तक अपने मां बनने के सफर में करना पडता है|

३) [इन्तज़ार] जैसे भूखे को रोटी का, बेकार को रोजी का और लुटेरों को मौके का होता है| वैसे ही प्रेमी जोडे को सच्चे और पवित्र प्रेम का [इन्तज़ार] होता है|

[इन्तज़ार] के कई मायने, कही परिभाषा हो सकती है पर इस कहानी के [इन्तज़ार] का मतलब इस संसाररूपी लोगों से बिलकुल परे है| इस कहानी में प्रेम इतना पवित्र है|

जिसमें तिलमात्र भी वासना की कोई गुंजाईश नही, प्रेम उसे कहते है| जो एकदम स्वच्छ पवित्र गंगा जल की तरह हो| ना उच्च नीच, क्या अमिरी क्या गरीबी, जाती धर्म से परे वासना से दूर जो ईश्वर के करीब हो, उसी को प्यार या प्रेम कहते है| मै इस कहानी की शुरुवात करने से पहले सभी पाठकगण को हाथ जोडकर प्रणाम और नमन करता हूँ की जो मेरी पहेली लिखी उपन्यास (नॉवेल) जिसका शीर्षक था 'मेरे पापा की लव स्टोरी' जिसे आप सभी ने भरपूर प्रतिसाद और प्यार दिया और सभी ने उस कहानी को पसंद किया| बस उसी की वजह से मेरा मनोबल बढा और मैने हिम्मत जुटाकर आज आप के समक्ष अपनी दुसरी कहानी को समर्पित करने में सफल हुआ हूँ और मुझे आशा है की जिस तरह से आप ने मेरी पहेली कहानी 'मेरे पापा की लव स्टोरी' को सराहाया और प्यार दिया, उसी तरह की आशा मुझे इस कहानी से भी है|

और सभी पाठकगण जिन्होंने मुझे इतना स्नेह और प्यार दिया, उसके लिये मै आप सभी का हाथ जोडकर धन्यवाद करना चाहता हूँ और मै आप से वादा करता हू और ये मेरा यकीन भी है, आप सभी ने इस उपन्यास (नॉवेल) को पढने के लिये जो अपना किमती वक़्त निकाला है उसके लिये मै आपका सदा ऋणी रहूंगा| वरना आज के जमाने मे लोगों को अपने मोबाईल फोन से फुरसत ही कहा होती है?

अब हम इन सभी बातों को पीछे छोडकर अपना ध्यान कहानी पर केंद्रित करते है|

[इन्तज़ार]

// एक प्रेम कथा //

हमारे भारत के महाराष्ट्र का एक बडा शहर जिस शहर का नाम नाशिक है जो रामायण काल से प्रसिद्ध है| एक जमाने में नाशिक को नासिका फिर नासिक भी कहा जाता था| पर आज इसे नाशिक कहते है| नाशिक को देवों की भूमी भी कहां जाता है याने देवस्थान उसके भी कही कारण है| एक वजय तो ये है की जब भगवान राम वनवास के लिये पंचवटी पहुंचे, उस वक़्त लक्ष्मन जी ने शूर्पणखा की नाक यही नाशिक में ही काटी थी| रावण ने माता सीता का हरण भी यही से किया था| जटायू पक्षी के पंख भी यही काटे गये थे|

भगवान राम जी के परम भक्त श्री. महाबली हनुमान जी का जन्म भी यही नाशिक में अंजनी पर्वत पर हुआ था| माता सप्तशृंगी जी भी यहाँ वनी के पहाडों पर विराजमान है| नाशिक का त्र्यंबकेश्वर के भोले शंकर जी भी बहोत प्रसिद्ध है जो की बारह ज्योतिर्लिंग मे से एक है और यहा हर बारह वर्षों में कुंभमेले का आयोजन किया जाता है| इसी स्थान पर भगवान भोलेनाथ ने अपनी जटा पटककर गंगा बहाई थी| नाशिक के सीमा पर ही साईबाबा का देवस्थान शिर्डी भी है| जहाँ रोज

लाखों भक्त दर्शनाथ शिर्डी आते है| नाशिक के अंगूर पुरे भारतवर्ष में प्रसिद्ध है| अगर मैं यु ही नाशिक के बारे में बताता रहू तो शायद हम हमारी मूल कहानी से भटक जायेंगे| ये सिर्फ कुछही जानकारीयाँ है जो मैंने नाशिक के बारे में देना जरुरी समझा| अब हम अपनी कहानी की शुरुवात करते है|

एक बहोत ही सुंदरसे मकान के मेन गेट पर कुछ पत्रकार, अपने हाथों में माईक और कुछ पेपर लिए खडे हुए थे और उन्ही पत्रकारों मेँ से एक महिला पत्रकारने गेटपर लगी घंटी बजाई और कुछ ही क्षण बाद घर के अंदर से एक ३०/ ३५ साल की महिला दिखने में अती सुंदर और सुशील नजर आई और वो महिला बाहर आते ही सभी पत्रकारों को नमस्कार किया और घर के अंदर आने को कहा मानो पत्रकारों ने पहलेसे ही मिलने का समय ले लिया हो|

सभी पत्रकारों ने भी हाथ जोडकर अभिवादन स्वीकारा और घर के अंदर की ओर चल दिये| अंदर आकर सभी पत्रकार बैठ गये और ठीक उनके सामने वो महिला भी बैठ गई और अपना परिचय देते हुए कहां, मेरा नाम के वैशाली है याने कृष्णाराज वैशाली....

एक महिला पत्रकार -
ने प्रश्न किया, आप एक सफल लेखिका हो, जिनकी नई उपन्यास [इन्तज़ार] एक प्रेम कथा ने तहलका मचा दिया है|

[हसते हुए कहा]

मॅडमजी, आप को हम क्या पुरी दुनिया जानती है| आप किसी परिचय की मौताज नही हो| तुरंत उसके बाद सभी पुरुष और महिला पत्रकारों ने अपना अपना परिचय दिया|

एक पुरुष पत्रकार -

ने प्रश्न किया आज हम सभी ने आपका समय इसलिये मांगा था ताकी हम सारी दुनियावालों को ये बता सके की आप एक मेडीकल की स्टुडंट होने के बावजूद डॉक्टर ना बनकर, एक लेखिका कैसे बन गई, इतना सुनते ही वैशाली के चेहरे पर एक हलकी सी मुस्कान आई और वो कहने लगी,

वैशाली -

ये एक बहोत लंबी कहानी है| शायद आप लोगों के पास इतना वक़्त नही होगा की मै आप को पुरी कहानी सिलसिले वार सुना पाऊँ|

महिला पत्रकार -

चाहे जितना भी वक्त लगे पर आज आप बताइएगा जरूर ता की पुरी दुनिया को मालुम हो सके की आपको ये कहानी लिखने की प्रेरणा कहाँ से मिली और कैसे? और उसके क्या कारण रहे होंगे की आप एक डॉक्टर ना बनकर एक लेखिका बन गई?

वैशाली -

चलो मैने आज का दिन आप पत्रकारों के नाम किया|

दुसरी महिला पत्रकार -

क्या? मॅडम मैं आप से एक व्यक्तिगत प्रश्न पुछ सकती हूँ? अगर आप बुरा ना मानो तब?

वैशाली -

[मुस्कुराते हुए]

जी जरूर पुछिये| मैने कहा ना, आज का दिन मैने आप लोगो के नाम किया...है|

दुसरी महिला पत्रकार -

क्या आपकी अरेंज़ मॅरेज़ हुई थी या लव मॅरेज़?

वैशाली -

[मुस्कुराते हुए महिला पत्रकार से]

आप को क्या लगता है कैसे हुई होगी मेरी शादी? चलिये छोडीये, मै आज आपको सभी सवालों का जवाब देती हूँ| पर पहले आप सभी ये बताईये की आप सब क्या लेंगे, चाय या कॉफी?

[सभी पत्रकार जो आप ठीक समझे वैशालीजी] [वैशाली ने आवाज लगाई और कॉफी लाने को कहा| कॉफी आ गई| सभी को कॉफी दी गई और वैशाली ने कहानी सुनाना शुरू कर दिया]

वैशाली -

दरसल ये उस समय की बात है जब मै कॉलेज के लास्ट इयर मे थी और मेरा एक सपना था की मै एक सफल डॉक्टर बनकर लोगों की सेवा करू |

FLASH BACK:

एक दिन मै और मेरी सबसे प्रिय सहेली प्रिती मेरे कॉलेज से घर लौटकर आए| प्रिती मेरे घर से कुछ ही दुरी पर रहेती थी| वो अपने घर चली गई, मै अपने घर आ गई, घर में प्रवेश करते ही, मैने अपनी किताबे डायनिंग टेबलपर रख दी और अपने बेडरूम में चली गई, फिर मैने अपने कपडे बदले और फ्रेश होकर फिर हॉल में आ गई और टीवी देखने लगी| उस समय दोपहर के २ बज रहे होंगे, उस वक्त में घर में अकेली थी| हमारी कामवाली बाई भी घर की साफसफाई कर के जा चुकी थी| दरसल मेरे पापा आनंद एक बहोत बडे प्राईवेट कंपनी में जनरल मॅनेजर की पोस्ट पर थे| जो अब रिटायरमेंट हो चुके है और मेरी मम्मी कला, एक सिनियर पोलिस ऑफिसर थी|

मम्मी भी रिटायर हो चुकी है और मम्मी पापा बडे आराम से अपने रिटायरमेंट के बाद मजे से अपनी जिंदगी गुजार रहे है और बहोत ही खुश है|

रोज मेरे कॉलेज जाने के बाद मम्मी पापा भी अपने अपने ऑफिस चले जाते थे| मै दोपहर मे २ बजे घर आ जाती, पापा शाम को ६ बजे और मम्मी दोपहर को घरपर खाना खाने आती और थोडा आराम करने के बाद

फिर ऑफिस चली जाती और फिर शाम को ७ / ८ बजे घर लौटती थी| यही हम तीनों की डेली रूटीन थी|

मैने टीवी देखते देखते दोपहर का खाना खाया और अपने कमरे में जाकर लेट गई कुछ ही देर में मम्मी भी आई और खाना खाने के बाद फिर ऑफिस चली गई|

हमारी कामवाली बाई भी आ गई और वो अपने काम मे व्यस्त हो गई| मै अपनी कामवाली बाई को बडे आदर से राधा मौसी बुलाती थी| दरसल उनका नाम राधा था| मेरा राधा मौसी को राधा मौसी पुकारना बहोत पसंद था| मौसी शब्द से उन्हे अपनेपन का एहसास होता था|

जब मै अपने कमरे में लेटी तो मेरी आँख लग चुकी थी| तकरीबन शाम के ५ बजे के आसपास मेरी आँख खुली तब कानों में कपडे धोने की आवाज आई तो मै समझ गई की राधा मौसी कपडे साफ कर रही है| मै फ्रेश होकर हॉल में आई और राधा मौसी को आवाज लगाई और कहाँ जब आप का काम हो जाए, राधा मौसी तो प्लीज मुझे कॉफी बनाकर पिलाना|

राधा मौसी -

ठीक है| बेटा थोडी देर रुको, मै आती हूँ|

वैशाली:

ठीक है मौसी|

[राधा ने कॉफी बनाकर वैशाली को दी| वैशाली ने कॉफी पी और सोचा थोडी पढाई कर लेते है]

वैशाली -

फिर मै डायनिंग टेबलपर रखी मेरी किताबे लेने गई, तो देखा एक मिठाई का डिब्बा वहा रखा हुआ है| मिठाई खाने की लालसा में मैने वो मिठाई का डिब्बा खोला, तो देखकर मुझे बडा आश्चर्य हुआ की उस मिठाई के डिब्बे में मिठाई नही बल्की एक डायरी थी| तब मैने सोचा मम्मी दोपहर को खाना खाने आई होगी, तो वो डायरी यहा भूल गई होगी शायद| पर डायरी को मिठाई के डिब्बे मे क्यु रखा था? यह सोचकर मै ज्यादा परेशान हो गई पर मैने सोचा छोडो मुझे इससे क्या? फिर शाम को मम्मी पापा आये, फिर हम सभी ने रात को डिनर साथ मे ही किया और मै अपने कमरे में जाकर सो गई| अगली सुबह रोज की तरह मै कॉलेज और मम्मी पापा अपने काम पर चले गये|

वैशाली -

जब दोपहर को मै कॉलेज से घर लौटी तो मैने देखा की वो मिठाई का डिब्बा अब भी उसी डायनिंग टेबलपर रखा है जहाँ कल देखा था| मैने उस डिब्बे को खोला और डायरी को बाहर निकालकर सोचने लगी की आखिर इस डायरी को मिठाई के डिब्बे में क्यु रखा गया होगा?

मैने मन ही मन सोचा की चलो इसे पढते है| अगले ही पल फिर मैने सोचा की किसी ओर की डायरी पढ़ना अच्छी बात नही है| फिर मै खाना खाने के बाद थोडा आराम करने के लिये अपने कमरे में चली गई| शाम को मै फ्रेश होकर फिर अपने कमरे से हॉल में आई और

कुछ ही देर में मम्मी पापा भी ऑफिस से लौट आए| हम सभी हॉल में बैठे थे टीव्ही देखते हुए कुछ बाते भी होने लगी|

[उतने में मम्मीने आवाज लगाई राधा मौसी को]

कला -
अरे सुनती हो राधा|

राधा -
जी मेमसाहेब|

कला -
खाना लगा दो टेबलपर|

राधा -
अच्छा मेमसाहेब|

कला -
खाना लगाने के बाद तुम भी अपने घर चली जाओ| बच्चे राह देखते होंगे| बाकी का काम मै देख लुंगी|

राधा -
जी मेमसाहेब, अभी खाना टेबलपर लगाती हूँ|

[अब टेबलपर खाना लग चुका था| सभी ने खाना खाया और फिर कला कहने लगी]

कला -

[कला अपने पती आनंद और बेटी वैशाली से कहने लगी]
कल सुबह मुझे जल्दी जाना है| मैं सोने जा रही हूँ|

वैशाली -

मम्मी मै भी सोने जा रही हूँ|

[और मैने अपने मम्मी पापा को कीस किया और गुडनाईट कहकर सोने चली गई, पापाने टीव्ही ऑफ किया और मम्मी के साथ चले गए| घर की सारी लाईट बंद हो चुकी थी]

वैशाली -

जब मै अपने कमरे में गई तो देखा की पिने का पानी नही है| तो वो फिर से हॉल में पानी लेने आई और डायनिंग टेबल पर से पानी लेते वक्त उसकी नजर फिर से उस मिठाई के डिब्बेपर पडी, मैने सोचा देखते है| आखिर ये डायरी किसकी है? मैने वो डायरी वहां से उठाई और अपने कमरे में आ गई, पानी की एक घुंट पिने के बाद मैने उस डायरी को बडे ईतमिनान से खोला तो देखा पहले ही पन्ने पर एक साईबाबा की फोटो लगी हुई थी और ठीक उसी के उपर लिखा हुआ था ओम साई राम|

वैशाली -

मैने उस चित्र के पैर पडे और अगला पन्ना पलटा तो मै देखकर हैरान रह गई, इतनी सुंदर लिखावट मानो

किसी विद्वान व्यक्ती की वो डायरी हो| उसमे लिखा पहला वाक्य ही बहोत भाऊक था| उसमे लिखा था ना जाने हम कब मिलेंगे? इस जनम में हम मिलेंगे भी या नही? पहला वाक्य पढते ही मुझे उस डायरी पढने की तीव्र ईच्छा हुई और मै ये अच्छी तऱ़ह जानती थी की मै ये डायरी पढ़कर बहोत बडा गुनाह कर रही हूँ|

पर इस दिल को कौन समझाता की वैशाली तुम जो कर रही हो वो एकदम गलत है| पाप है| पर मेरा दिल इस पाप को करने के लिये मुझे उकसाने लगा और मैने भी एक गुन्हा करने की ठान ली क्यों की उस डायरी के पन्ने का पहला वाक्य पढ़ने के बाद मेरा दिल मेरे वश में ना रहा और मैने उस डायरी को पढने का मन बना लिया|

मन में तरह तरह के खयाल आने लगे कही ये डायरी मम्मी की तो नही हो सकती है| मम्मीने इस डायरी को अपने कॉलेज के वक्त में लिखा हो और आज गलती से मम्मी इस डायरी को डायनिंग टेबल पर रखकर भूल गई| क्या पापा को इस डायरी के बारे में पता होगा? नही नही कैसे पता हो सकता है? क्या लिखा होगा इस डायरी में? ऐसे बहोत से सवाल मेरे मन के समंदर में हिचकोले लेने लगे, मानो मेरी आँखों से निंद कोसो दूर चली गई हो| मैं असमंजस में पड गयी, मैं करू तो क्या करू? पर मैने मन बना ही लिया की मै इस डायरी के रहस्य को जानकर ही दम लुंगी| मैं अपने बेडपर दीवार के सहारे बैठ गई| अपनी गोद में तकीये को रखकर उसपर वो डायरी मैने रख दी और पढना सुरु किया|

अब मैने उस डायरी के २ ही पन्ने पढे और जैसे ही मैने तिसरा पन्ना पलटाया तो देखा की एक पासपोर्ट साईज ब्लॅक अँड वाईट फोटो थी पर शायद बहोत सालों से वो उस डायरी मे होने की वजय से कुछ धुंधली और कुछ सफेद रंग के धब्बे उस पर आ चुके थे जिस कारण से चेहरा कुछ साफ साफ दिखाई नही दे रहा था| पर फोटो में जितना दिखाई दे रहा था उससे यह पता चल रहा था की वो फोटो किसी सुंदर नवजवान व्यक्ती का था| उस फोटो के चेहरे पर इतना तेज था मानो मुझसे अभी बोल पढेगा|

मैने सोचा मम्मी को इस डायरी और इस फोटो के बारे में पुछा जाये पर मन ही मन शक होने लगा कही ये मम्मी के कॉलेज टाईम का कोई बॉयफ्रेंड तो नही| पर मुझे अपने मम्मी पर पुरा भरोसा था|

क्यु की मम्मी और पापा दोनो एक दुसरे से बेईंतेहा प्यार करते है| पर क्या करे| जब शक का कीडा मन में घर कर जाए तो उसका समाधान तब तक नही होता जब तक उसकी सच्चाई सामने ना आ जाए| मैने डायरी बंद कर दी और अपने स्टडी टेबलपर रख दी और मै अपने बेडपर लेट गई और मुझे ये अच्छी तरह से पता था की आज तो मुझे नींद आने से रही बस मैं सारी रात सिर्फ करवटे बदलती रही| सुबह के कोई ६ बजे होंगे, तब जाकर मुझे गहरी नींद लग गई| मम्मी मुझे सुबह ७ बजे आकर जगाने लगी और कहा|

मम्मी -

उठो बेटा, घडी देखो सुबह के ७ बज चुके है| इस वक्त तुम्हे कॉलेज में होना चाहिये था और तुम अभी तक सो रही हो? तुम्हारी तबीयत तो ठीक है ना बेटा?

[और मम्मी ने मेरे माथे पर हाथ रख कर मेरे माथे को टटोला और कहा]

तुम्हारी तबियत तो ठीक है| फिर आज इतनी देर तक क्यु सो रही हो?

वैशाली -

[निद्रा अवस्था में कहने लगी]

मम्मी आज कॉलेज जाने का मन नही है|

मम्मी -

ठीक है बेटा, पर जल्दी उठ जाना और फ्रेश होकर नाश्ता कर लेना, मै अभी ऑफिस जा रही हूँ, दोपहर को साथ मे लंच करते है|

[मम्मी चली गई]

वैशाली -

तकरीबन सुबह के १० बजे उठी| दरसल मै कभी भी इतनी देर तक नही सोती थी| मुझे फ्रेश होते होते लगभग ११.३० बज चुके थे| मैने कल रात में जो पासपोर्ट साईज फोटो देखी थी| उसी की वजय से मन में एक अजीब सी टेन्शन होने के कारण मुझसे ब्रेकफास्ट भी नही किया गया, मै सिर्फ कॉफी पीकर

वापस अपने बेडरूम में जाकर बेडपर लेट गई| कुछ देर बाद राधा मौसी मेरे बेडरूम में आई और मेरे माथे पर हाथ लागाया और पुछा|

राधा मौसी -

तुम्हारी तबीयत तो ठीक है ना बेटा?

[दरसल राधा मौसी की सभी घरवाले बहोत ईज्जत करते थे और मै भी उन्हे दिल से मौसी कहती थी]

वैशाली -

मम्मी पापा के बाद कोई था जो मेरी परवाह करता था, तो वो थी मेरी राधा मौसी|

[मैंने कहां]

मैं ठीक हूँ| मै रात में जरा देर से सोई, इसलिये जरा थकान सी मेहसूस हो रही है| राधा मौसी वहां से चली गई और वो अपने काम मे व्यस्त हो गई| देखते ही देखते दोपहर के २ बज गए| मम्मी भी लंच के लिये घर आ गई| मम्मी फ्रेश होकर डायनिंग टेबल पर आई और मुझे आवाज लगाई|

मम्मी -

वैशु ओ वैशु, आओ साथ मे लंच करते है|

[मै भी अपने बेडरूम से आई और मम्मी के साथ लंच करने लगी| मम्मी ने चुटकी लेते हुए कहां]

मम्मी -

हो गई महारानी की नींद पुरी| अरे ऐसे ही सोते रहोगी और जब तुम डॉक्टर बनोगी, तब तो तुम्हारे मरीजो का हो चुका कल्यान|

वैशाली -

प्लीज चुप करो मम्मी, मुझे बहोत टेन्शन है| मै आपको कैसे समझाऊँ?

मम्मी -

टेंशन और तुम्हे हम पोलीसवालों से ज्यादा वाह भाई वाह|
       [वैशाली को चिडाते हुए]

वैशाली -

[सिरीयस मूड में खाना खाते खाते]
       मम्मी मै आपसे कुछ पुछना चाहती हुँ|

मम्मी -

पुछो जो पुछना है|

वैशाली -

आप को मेरे कुछ सवालों के जवाब देने होंगे|

मम्मी -

अच्छा बच्चू, पोलीसवालों से सवाल? सवाल पुछना तो हम पोलीसवालों का काम है|

वैशाली -

क्या यार मम्मी, मै सिरीयस बात कर रही हुँ और आप है की हर बात को मजाक में ले रही हो?

मम्मी -

अच्छा बाबा पुछो क्या पुछना है|

वैशाली -

ऐसे नही जब आप फुरसत में होंगे तब|

मम्मी -

अरे मेरी जान, आज तो फुरसत ही फुरसत है| अभी मै ऑफिस नही जानेवाली, दरसल शाम को कमिशनर साहब के साथ मिटिंग है| तो मै शाम को ८ बजे सीधे कमिशनर ऑफिस जानेवाली हूँ, तब तक मेरे पास वक्त ही वक्त है|

वैशाली -

ठीक है मम्मी लंच के बाद मेरे बेडरूम में बैठकर बात करते है|

मम्मी -

[वैशाली को अपने बाये हाथ से वैशाली के गाल पकडकर]
    जैसे मेरा बाबू कहेगा में वैसे ही करूंगी| चलो अभी बात बंद करो और लंच फिनिश करो|

[हम दोनो ने लंच फिनिश किया और बेडरूम में आकार बैठ गए]

मम्मी -
[सौंफ खाते खाते]
पुछो, क्या पुछना है?

वैशाली -
[वैशालीने वो पासपोर्ट साईज ब्लॅक ऑन्ड वाईट फोटो निकाली और मम्मी को दिखाते हुए पुछा]
ये किसकी तसबीर है?

मम्मी -
[मम्मीने गौर से उस फोटो की ओर देखा और नही मे सर हिलाते हुए कहा]
मुझे नही पता ये किसकी फोटो है|

वैशाली -
[गुस्सा दिखाते हुए]
आप झूठ बोल रही हो मम्मी|

मम्मी -
अरे पगली, मैं झूठ क्यु बोलू?

वैशाली -
सच सच बताना क्या कॉलेज लाईफ में आप किसी से प्यार करती थी?

मम्मी -

जी हाँ| क्यू मुझे प्यार करने का अधिकार नही है क्या?

वैशाली -

[फोटो दिखाते हुए]
    ये उसी की फोटो है ना?

मम्मी -

[मम्मी ने वो फोटो हाथ मे लिया और कहां]
    नही बाबा मै सचमुच इसे नही जानती|

वैशाली -

फिर आप कॉलेज में किस से प्यार करती थी?

मम्मी -

तुम्हारे पापा आनंद से|

वैशाली -

पर आपकी और पापा की तो अरेंज मॅरेज हुई थी ना?

मम्मी -

कितने सवाल पुछती है| ये लडकी, हाँ हमारी अरेंज मॅरेज हुई थी| तो उससे क्या?

वैशाली -

जब आप पापा से प्यार करती थी तो फिर आप दोनों ने लव मॅरेज क्यु नही की?

मम्मी -

[एक गहरी सांस लेकर]

बाप रे क्या है ये लडकी? एक काम कर बेटा, तुम अपनी पढाई खत्म कर के डॉक्टर तो बनना, मत तुम पोलीस मे भर्ती हो जाना| अपनी मम्मी से ईतने सवाल कर रही है| तो बदमाशों की तो खैर नही|

वैशाली -

आप बात को गुमा रही हो मम्मी?

मम्मी -

[एक हलकी सी मुस्कान के साथ]

हमारे दोनों के घरवालो ने हमारे प्यार को अरेंज मॅरेज मे बदलकर बडी धूमधाम से हमारी शादी रचाई थी| बस ईतनी सी बात है| और फिर भी तुम्हे विश्वास ना हो तो शाम को अपने पापा से पुछ लेना, वेरी सिंपल|

वैशाली -

[अपने मम्मी के गले लगकर अपनी मम्मी को पप्पी देते हुए]

सॉरी मम्मी मैने आप पर शक किया ये जानते हुए भी की आप पापा से कितना प्यार करती हो| प्लीज मुझे माफ कर दो मम्मी प्लीज मुझे माफ कर दो|

मम्मी -

[मम्मी ने मेरे गाल पर चीकुटी ली और कहा]

कोई बात नही बेटा पर आज ईतने सालो बाद, अचानक - ये सब क्या है बेटा?

[फिर मम्मी ने बेडपर से वो फोटो उठाकर और फोटो की ओर देखकर]

ये फोटो तुम्हे मिली कहा से?

वैशाली -

[वैशाली ने उस मिठाई के डीब्बे को लाया और उसे खोलकर उन डायरी की और इशारा कर के]

वैशाली-

इसी में से मिला ये फोटो मुझे|

मम्मी -

[अपने माथेपर हाथ रखकर मम्मी खडी हो गई और कहा]

हाय राम, अरे बेटा पंचवटी में एक भिकारी कि मौत हो गई थी कल सुबह उसी के पास से ये डायरी बरामद हुई है|

FLASH BACK

महाराष्ट्र के नाशिक शहर के पवित्र गंगा घाट पंचवटी के रामकुंड के बिलकुल बगल में साईबाबा का मंदिर है| उसी मंदिर के पास एक भिकारी की लाश पडी हुई थी| सुबह के लगभग ७ बज रहे होंगे, उस लाश को घेरकर बहोत से स्थानीय और पर्यटक खडे हुए थे| उसी भीड

में से किसीने पोलीस स्टेशन में फोन लगाया और उस साईबाबा मंदिर के पास एक भिकारी की लाश होने की जानकारी दी।

सूचना मिलते ही वहाँ पोलिस की गाडी आ पहोंची, और लाश को देखकर समझते देर नही लगी की ये एक भिकारी की लावारीस लाश है। महिला पोलीस अधिकारी श्रीमती कला आनंद का अपने ईलाके में ईतना दबदबा था की गुन्हेगार उन्हे देखकर थरथर कापते थे, मिजाज एकदम सक्त, रीश्वत से कोसो दूर न्याय की साक्षात देवी, पीठ पीछे लोग उन्हे पुलनदेवी और झांसी की रानी भी कहते थे। गुन्हेगारी के लिये वो एक लेडी डॉन थी।

जिसकी अदालत में गलती के लिये कोई माफी नही थी। गुन्हेगारी पर कोई रहम नही किया जाता था, किया जाता था तो सिर्फ ऑक्शन, इन्स्पेक्टर साहेबा ने लाश को घेरे लोगों से कहां, यहां से भीड कम करो और जाकर अपना अपना काम देखो, बस कहने की ही देरी थी की भीड तीतर बीतर हो गई फिर इन्स्पेक्टर साहिबा ने एक कॉन्सटेबल से उस लाश की छानबीन करने को कहा।

कोंस्तबल को हुकुम मिलते ही पेट के बल पडे लाश को अपने दंडे से सीधा किया। उस भिकारी की दाडी बहोत बडी हुई थी। बडी बडी मुछे बडे बडे सर के बाल, बालों में जटा जैसी बालों में सिलवटे मानो उन बालों को कही सालों से धोए ना हो, मुँछ दाडी बालों में बहोत गंदगी थी। फटे पुराने कपडे शरीरपर से एक अजीब तरह की दुर्गंद आ रही थी। उस लाश के पास खडा होना दुष्वार हो रहा था। पर ड्युटी तो ड्युटी ही

होती है| पंचनामा शुरू हुआ, तपतीश के दौरान हमें उस भिकारी के पास एक फटा हुआ झोला मिला जिस में से कुछ सुखी रोटी के टुकडे दो फटी हुई जुराबे (पैर के मोजे) दो टुटी हुई चप्पल जो की अलग अलग थे और प्लास्टीक की थैली में लपेटा हुआ एक मिठाई का डिब्बा मिला, जिस में मिठाई ना होकर एक डायरी मिली| ईन सभी सामान को जप्त करने के बाद हमने उस लाश को पोस्टमॉरटम के लिये भेज दिया गया| पोस्टमार्टेम के बाद अब उस लाश को मुर्दाघर में रखा गया है| (मोर्चुरी मुर्दाघर) अभी कुछ दिनो तक उस लावारिस लाश को कोई अगर लेने नही आया तो फिर सरकारी नियमो के हिसाब से उसे जलाया या दफनाया जायेगा, **RETURN FROM FLASH BACK.**

वैशाली -

[शॉक होकर]

क्या? भिकारी के पास से डायरी? क्या बोल रही हो मम्मी?

मम्मी -

अरे बेटा सच में, ये डायरी उस भिकारी के झोले में से ही बरामद हुई थी| बेटा अब उस भिकारी की लाश मोर्चुरी (मुर्दाघर) में रखा है|

सरकारी नियमों के हिसाब से कुछ दिनों तक उनके रिश्तेदारों का इन्तज़ार करेंगे नही तो लावारीस समझकर उसकी अंतविधी कर दी जाएगी|

वैशाली -

[ये सब सुनकर सन्न रह गई और अपना सर दोनो हाथों से पकडकर बेडपर दीवार के सहारे बैठ गई]

और बडबडाने लगी मैंने क्या सोचा और क्या निकला|

[फिर अपनी मम्मी की ओर देखकर कहा आय एम रियली सॉरी मम्मी]

मम्मी -

बेटा परेशान होने की कोई जरुरत नही है| तुम अभी आराम करो शाम को हम चाय पर मिलते है| [मम्मीने वो डायरी अपने हाथ में ली और दरवाजे की ओर चल पडी| मम्मी बस कुछ ही कदम चली होंगी तब मैने मम्मी को आवाज दी]

वैशाली -

मम्मी

मम्मी -

हाँ बोल बेटा|

वैशाली -

क्या मै ये डायरी पढ सकती हूँ?

मम्मी -

ये डायरी,

[वैशाली ने हाँ में अपना सर हलाया]

तुम्हे क्या मिलेगा भिकारी की डायरी पढ कर? मुझे तो लगता है| ये डायरी उस भिकारी ने चुराई होगी|

वैशाली -

फिर भी मम्मी में वो डायरी पढना चाहती हूँ|

मम्मी -

[मुस्कुराई]

और वापस बेड के पास आकर उस डायरी के डीब्बे को मुझे देते हुए कहा, पढना और मुझे भी बताना, केस सौल्व करने में मदद होगी, चलो में चलती हूँ|

[मम्मी बेडरूम से चली गई वो दिन बीत गया रात हो गई पापा भी ऑफिस से आ गये| हम सभी ने खाना खाया मम्मी पापा सोने चाले गये]

वैशाली -

मै अपने बेडरूम में आई, उस मिठाई के डीब्बे को खोलकर उस डायरी को बाहर निकाला और उसे बडे ध्यान से पढना शुरू किया, अभी मैने कुछ ही पन्ने पढे होंगे तो उसमे से एक कागज का टुकडा (पर्ची) मिली, जिसपर श्याई फैल चुकी थी| हमे अक्सर ऐसा देखने को मिलता है की जब हम कुछ लिखते है और उसे किताबो मे बंद कर के रख देते है, तो कुछ वर्षा में उस लिखावट की श्याई फैल ही जाती है| वैसे ही इस कागज के तुकडे के साथ भी हुआ था| पर इस की लिखावट पढी जा सकती थी| जब मैने गौर से देखा, तो उसमे दक्षिण

भारत का पता लिखा हुआ था| यह पता दक्षिण भारत, तमिलनाडू के कांचीपुरम शहर का था| मुझे ये समझते देर नही लगी की ये डायरी उसी व्यक्ती की है जिसकी फोटो मुझे डायरी मे मिली थी और शायद यह पता भी इस डायरी के मालिक का ही होगा, ऐसे मेरा अनुमान था| जिसकी ये डायरी है| शायद वो कभी नाशिक दर्शन के लिये आया होगा और हो सकता है|

उस भिकारी ने उसका बॅग चुरा लिया होगा, ये समझकर की बॅग में कुछ पैसे मिल जाये और उसी बॅग में से ये डायरी उस भिकारी को मिली होगी, पैसे खर्च कर दिये होंगे और बाद में डायरी अपने पास रख ली होंगी, उस तामिळनाडू के कांचीपुरम के पते के मिलने के बाद में तरह तरह के अनुमान लगाने लगी| अब मेरी वो डायरी पढने की कोई रुची न रही|

अब मानो में उस फोटोवाले इन्सान से मिलने के लिये बेचैन हो उठी और मन ही मन उस पते पर पहोचने की योजना बनाने लगी और सोचा की ये डायरी भी उस व्यक्ती को लौटा दुंगी, पर ये होगा कैसे? कहा महाराष्ट्र का नाशिक शहर और कहा तामिलनाडू का कांचीपुरम, फासला बहोत बडा था| पर उस फोटोवाले व्यक्ती से मिलने की एक अलग सी ललक थी| एक अजब सी बेचैनी थी| ये मै भी नही जानती थी, की मै ऐसा क्यु कर रही हूँ, मेरे मन में अनेको तरह के तर्क वितर्क आने लगे, और ये सब सोचते सोचते सुबह कब हो गई पता ही न चला| मै पुरी रात जागने के बावजूद भी निद्रा मेरी आँखों से कोसो दूर थी| मै फ्रेश होकर

कॉलेज जाने की तैयारी करने लगी और कॉलेज पहोंच गई और कॉलेज में मैने प्रिती को मेरी मदद करने को कहा।

वैशाली -

यार प्रिती सिर्फ तुम्ही हो, जो मेरी मदद कर सकती हो?

प्रिती -

मदद, कैसी मदद?

[वैशालीने प्रिती को फोटो दिखाया]

अरे ये हँडसम बंदा कौन है। मेरी जान और मेरे पीठ पीछे ये लवस्टोरी कब से चल रही है बता जरा।

वैशाली -

पगली, ये मेरे बॉयफ्रेंड की फोटो नही है।

[फिर मैने प्रिती को पिछले ३ दिन की कहानी सुनाई]

प्रिती -

पागल है क्या तू? कहा नाशिक और कहा कांचीपुरम और तू ईतने दूर जायेंगी कैसे? और किसके साथ?

वैशाली -

[वैशाली ने प्रिती के गले में हाथ डाला और कहा]

तू ही तो आनेवाली है मेरे साथ।

प्रिती -

अरे नही बाबा| दिन में सपने देखना छोड घर पर हम क्या बोलकर जायेंगे बोल, बोल ना?

कौन है हमारा तामिलनाडू में हमारी और उनकी भाषा में जमीन आसमान का अंतर है| पगली वो क्या बोल रहे है| हमे समझ नही आएगा| हम क्या बोल रहे है| उनके पल्ले नही पडेगा, मुझे माफ कर दे मेरी माँ में नही आनेवाली तेरे साथ|

वैशाली -

भाषा कि प्रॉब्लेम, जायेंगे कैसे, घर पर क्या बोलेंगे? अरे ये सब तुझे ही सोचना है|

प्रिती -

क्या?

वैशाली -

अरे पगली तुझे ही सोचना है| आखिर प्रिती मॅडम का शैतानी दिमाग कब काम आएगा?

प्रिती -

यार तू किस जन्म का बदला मुझ से ले रही है?

वैशाली -

[मुस्कुराकर]

इसी जन्म का बदला ले रही हूँ|

प्रिती -

[अपना सर पकडकर]

रुक कुछ सोचने दे।

[उतने में ही छोटे बच्चों की स्कूल बस जाते हुए प्रिती ने देखा और कहा]

पिकनीक।

वैशाली -

पिकनीक, क्या बक रही है। तू अब ये पिकनीक कहा से आ गया यार?

प्रिती -

अरे पगली, हम तामिलनाडू पिकनीक जा रहे है।

वैशाली -

मेरे तो कुछ समझ में नही आ रहा है। तू क्या बोल रही है प्रिती?

प्रिती -

तो सुन, मेरा गेम प्लान, मेरे पास एक ढासू आईडीया है। अभी अभी उन बच्चों की बस देखकर मेरे दिमाग की फॅक्टरी में तैयार हुआ है।

वैशाली -

पर घरवाले कैसे मानेंगे, पापा तो शायद मान भी जाए, पर मम्मी नई यार ये पॉसिबल नही है।

प्रिती -

तो ठीक है| फिर जाना कॅन्सल?

वैशाली -

अच्छा चल, बता क्या करना पडेगा?

प्रिती -

अब आई ना लाईन पर, तो सुन, हम हमारे घरवालों को ये बोलेंगे, की हमारे कॉलेज की पिकनिक, इस वर्ष तामिलनाडू जा रही है| तो हमे प्लीज जाने दो| क्यु की ये हमारे कॉलेज लाईफ का आखरी साल है|

वैशाली -

वाक्य यार, तेरी तो शैतानी खोबडी है|

प्रिती -

[आँख मारते हुए]
    आखिर दोस्त किसकी है?
    [अगले ही पल वैशाली ने प्रिती को गले से लागा लिया]

प्रिती -

ओय, एक बडी प्रोब्लेम है बच्चू|

वैशाली -

अब ये ही प्लान फायनल रख| प्लीज अब दुसरी प्रोब्लेम बीच में मत ला|

प्रिती -

प्रोब्लेम में नही ला रही हूँ बल्की इसमे प्रॉब्लेम पेहेले से ही है|

वैशाली -

कौन सी प्रॉब्लेम?

प्रिती -

[पहले सिरीयस होकर, फिर जोर से हंसकर बोली]
    प्रॉब्लेम ईडली, वडा, सांबार की है| मुझे बिलकुल पसंद नही है यार|

वैशाली -

[वैशाली ने प्रिती को मारना शुरू किया]
    पगली मैं डर ही गई| थँक गॉड सब ओके है|

प्रिती -

भाषा की टेन्शन तो पक्का है| वो जब बोलेंगे तो लगेगा कोई हमें पत्थर फेंक कर मार रहा है| जो हम झेल नही सकते| उपर से हम दोनो लडकियाँ? कैसे ढुंड पायेंगे यार उस फोटोवाले को?

वैशाली -

[मायुसी से]

सोच ना यार प्रिती, तू ही कुछ कर सकती है| तू तो आईडीया की क्वीन है|

प्रिती -

देख पहेले हम यहां से निकलते है| वहा की वहा देख लेंगे|

[हम कॉलेज से घर चले आए| अब मै मम्मी के आने का इन्तज़ार करने लगी|

साथ ही साथ मेरे मन में एक बेचेनी सी थी, मैने आज तक मम्मी पापा से कभी झूठ नही बोला था, फिर मै पहेली बार झूठ बोलने के लिए हिम्मत जुटाने लगी|

तकरीबन दोपहर को २ बजे मम्मी खाने के लिये घर आई, फ्रेश होकर टेबलपर आई, हम दोनो खाना खाने लगे]

वैशाली -

[खाने के बीच में ही मैने हिम्मत कर के मुस्कुराकर मम्मी से कहा]

मम्मी आज आप और पापा के लिये मेरे पास बहोत बडा सरप्राईज है|

मम्मी -

सरप्राईज, कैसा सरप्राईज वैशु?

वैशाली -

अभी बताऊँ या पापा आने के बाद?

मम्मी -

अगर शाम को बताना था तो फिर क्यू अभी बात छेडी? अभी के अभी बताओ, मै शाम तक वेट नही कर सकती तुम्हे मालूम है ना? मैं बिलकुल भी धैर्य नाही रख सकती| चलो जल्दी से बताओ क्या सरप्राईज है?

वैशाली -

ठीक है| बताती हूँ| मम्मी सरप्राईज ये है, हमारे कॉलेज की पिकनिक इस साल तामिलनाडू जानेवाली है अगले हफ्ते|

मम्मी -

तो क्या हुआ? ये था सरप्राईज, एकदम फालतू|

वैशाली -

तो क्या हुआ मतलब, मुझे भी जाना है|

मम्मी -

नही बिलकुल भी नही| बेटा हम तुम्हे इतनी दूर अकेले नही भेज सकते, ना भाई ना|

वैशाली -

[बडे लाड प्यार से]

मै अकेली थोडी हुँ? प्रिती भी है| मेरे साथ और तो और कही लडकीयाँ और लडके भी है ना कॉलेज के और ये मेरे कॉलेज का आखरी साल है| फिर कॉलेज के बाद मै बीजी हो जाऊंगी, न जाने फिर ऐसा मौका कब आएगा? प्लीज मम्मी हाँ कर दो ना प्लीज, प्लीज

[मम्मी का हाथ पकडकर मैने बहोत रिक्वेस्ट की]

मम्मी -

ठीक है| ठीक है| पर शाम को पापा से भी बात कर लेना|

मम्मी -

[मम्मी ने मेरे माथे को चुमा और कहा]

संभलकर जाना और अपना और प्रिती का भी ध्यान रखना|

[मम्मी बडबडाते हुए जाने लगी, आज कल के बच्चे सुनते कहा है] [अपने मम्मी पापा की और मम्मी ऑफिस के लिये निकल गई]

वैशाली -

[मम्मी ने अपने घर के फोन से प्रिती को फोन लगाया]

पगली मेरा काम तो हो गया और तेरा?

प्रिती -

मेरा भी आज शाम तक हो ही चुका समझो| अच्छा तू एक बात बता सच में तू उसकी डायरी वापस करना चाहती है ना?

[शरारत भरे अंदाज में]

या फिर उस हँडसम बंदे की फोटो देखकर उसके चक्कर में तो नही आ गई, हा हा बोल|

वैशाली -

दरसल उस डायरी में उस बंदे की प्रेम कहानी लिखी हुई है पर अधुरी| आगे के पन्ने पुरे कोरे के कोरे ही है| बस मै ये जानने को उत्सुक हुँ की उस प्रेमकहानी का हुआ क्या? उस बंदे ने उसे अधुरा क्यु छोड दिया? मुझे उस बंदे में नही बल्की उसकी प्रेमकहानी में दिलचस्पी है|

प्रिती -

एक बात कहु डार्लिंग, फोटोवाला बंदा कुछ बुरा नही है?

वैशाली -

पक्की कमीनी है तू|

प्रिती -

आखिर सहेली किसकी हुँ?

वैशाली -

ठीक है| जब उसे से मिलेंगे तो मै तेरी सेटिंग करवा दुंगी बस, ठीक है ना?

प्रिती -

हाय हाय, मर जाऊ तेरी दोस्ती पर मै तो एनी टाईम रेडी हूँ| बस उसकी हामी भरवादे|

वैशाली -

तुझे समजना नामुमकीन है|

प्रिती -

पर मुश्कील नही|

वैशाली -

हाँ हाँ अभी फोन रख| हमे जल्दी से जल्दी निकलना है| तैयारी शुरू करते है|

[दोनों अपनी अपनी तैयारी में लग गये| दिन बीतते गए और वो भी दिन आ गया जब तामिलनाडू के लिये निकालना था]

पहेली बार था, हम घर से अकेले इतनी दूर इतने लंबे सफर पर जा रहे थे, ना कोई जान पहेचान ना ही रिश्तेदार, बस एक कागज के टुकडे के भरोसे हम अपना सफर तय कर रहे थे| ना मंझील का पता ना रहने का ठिकाना, बस एक अधुरी प्रेम कहानी की खोज में हम चल पडे थे|

हमारा ये सफर हमारे जिंदगी का यादगार सफर होनेवाला था, बिना कोई तकलीफ के हम चेन्नई पहोंच गए, वहां से हमने कांचीपुरम के लिए दुसरी ट्रेन पकडी और सकुशल हम कांचीपुरम पहोंच गए| थकान इतनी

थी की सोचा खाना खाने के बाद, हॉटेल मे रूम बुक कर के थोडा आराम किया जाए।

प्रिती -

[प्रितीने एक गेस्टहाऊस की ओर इशारा किया]
चल यार यही पर कोई रूम बुक कर लेते है।

वैशाली -

ठीक कर रही है तू। मै भी बहोत थक चुकी हू यार।

[हमने एक डबल बेडवाला रूम बुक किया। फ्रेश होने के बाद, वो नीचे उतरे उसी मे रेस्टॉरंट भी था। दोनो ने वहां लंच किया और अपने रूम मे जाकर सो गए]
[करीब शाम के ६ बजे उठकर फ्रेश होने के बाद, घुमने के लिए बाहर निकले। सबसे पहले मैने और प्रिती ने अपने अपने घर पर फोन किया]

फिर रेस्टॉरंट में मस्त गरमा गरम कॉफ़ी पी। उसके बाद यु ही हम शहर का चक्कर लगाने पैदल ही निकल पडे। कांचीपुरम शहर में जहा देखो वहा मंदिर ही मंदिर और ईन ऊंचे ऊंचे मंदिरो की सजावट और उनके मनोरम दृश्य देखकर मन में भक्ती जाग उठी। फिर हम दोनो कांचीपुरम के प्रसिद्ध मंदिर कामाक्षी माता के मंदिर दर्शनाय गये। दर्शन कर के मन को बहोत शांती मिली मानो ईतनी लंबी यात्रा सफल हो गई हो। मैने मन ही मन माता रानी से प्रार्थना की हम जिस मकसद से यहा आये है उस में हमे सफलता देना।

मंदिर परिसर में थोडी भीड होने के कारण दर्शन करने में थोडी देर लगी| मंदिर के भीतर हर तरफ मोगरे और चमेली के फूलों की खुशबू से वातावरन बहोत ही मनोरम हो गया था| हमने ऐसी कोई स्त्री नही देखी जिसके बालों में फूल ना लगा हो और बहोत से लोग माता रानी को नारीयल के साथ फूल भी चढावे मे भेट कर रहे थे| शायद यही कारण था| पुरे मंदिर परिसर में फुलों की खुशबु बिखरी हुई थी| जैसे ही हम दर्शन कर के बाहर आए तो मैने और प्रितीने भी कुछ फुल खरीदे और अपने बालों मे लगा लिया और माथे पर विभूती भी| ऐसा कहा जाता है जिस प्रांत में जाओ हमे उन्ही की संस्कृती के हिसाब से रहेना चाहिये, हम दोनों ने भी बिलकुल वैसे ही किया| कुछ ही घंटों में हम वापस हॉटेल आ गए, रात का खाना खाया, कुछ देर टीव्ही देखने के बाद हम फीर सो गए| सुबह ८ बजे हम फ्रेश होकर रेडी हो गए| फिर हमने रेस्टॉरंट में नाष्टा किया और डायरी मे मिले पते की खोज में हम दोनो तकरीबन १० बजे निकल पडे| हमने एक ऑटो रिक्षा बुक किया ताकी हमे पता धुंडने मे कोई कटनाई ना हो और हम आसनी से उस पते तक पहोंच जाए|

हमे वो पता ढुंडने में उतनी मुश्कील नही हुई जितना हमने सोचा था| उस पतेवाले घर पर हम १२ बजे पहुंच चुके थे| वो पता ऐसे ईलाके का था जहां बहोत ही कम संख्या में पक्के मकान थे, ना के बराबर| मानो हम किसी गरीबो के बस्ती में आ गये हो|

ज्यादा से ज्यादा घर पर नारियल के पत्तियो से ही छत बने हुए थे| बहोत से घरों के आगे, गाय बकरीयाँ बांध रखी थी, बहोत सी मुर्गीया और उनके छोटे छोटे चुजे यहां वहां दौड लगाते हुए नजर आ रहे थे|

क्योंकी ये एक ग्रामपंचायत के अंतर्गत आनेवाला छोटासा गांव था| और इस गांव का नाम था पुलीयंबाक्कम, गांव के अंदर प्रवेश करने के दो रास्ते थे| एक थोडा बडा पर कच्चा रास्ता था, जिस रास्ते से ऑटोरिक्षा, बैलगाडी, घोडागाडी जा सकती थी और दुसरा रास्ता, एक पगदंडी जैसा मार्ग था|

जहां से सिर्फ पैदल ही जाया जा सकता था|

ये हम सभी जानते है की हमारे भारत के गांव में रहेने का एक अलग ही मजा होता है| ऐसा ही इस गांव में भी था| पगदंडी रास्ते के बिलकुल बगल से एक छोटी सी नहर कलकल करके बहता पानी और रास्ते के दुसरी तरफ जहां तक नजर जाए, वहां तक सिर्फ हरीयाली ही हरीयाली, मंद मंद हवाओं में खेत लेहराते हुए देखना मानो ये उपरवाले की कोई विशेष रचना हो| आखिरकार हम उस घर तक पहोंच ही गए जिसकी तलाश में हम इतनी दूर आए थे| हमने उस ऑटोवाले अन्ना को पैसे दिये और हम उस घर की ओर बढे पर हमे निराशा ही हाथ लगी| जब हमने देखा उस छोटेसे झुग्गी नुमा घरपर ताला लगा हुआ था| हमने देखा वैसा ही छोटीसी झुग्गी नुमा घर कुछ कदमो की दूरी पर ही था जहां दो छोटे बच्चे घर के बाहर आंगन में खेल रहे थे| हमने

उन्हे आवाज लगाई| तब वो दोनो बच्चे हमारे पास आ गये, तब हमने उनसे पुछा की,

[दुसरे घर की ओर ईशारा कर के]

ये घरवाले कहां गये है और इनके घरपर ताला क्यू है? जब वो दोनो बच्चों ने हमे जो बताया वो हमारे समज में बिलकूल नही आया, क्युकी वो तामील भाषा में हमे कुछ बताना चहा रहे थे| अब हम करे तो क्या करे, मै और प्रिती एक दुसरे को देखकर सर हिलाने लगे| हम करे तो क्या करे? कौन होगा यहा जो हमे हिंदी भाषा में समझा पाये, तभी हम उन्ही बच्चो के घर के बाहार गये तब उनकी माँ ने हमे देखकर, घर के बाहार आई| हमने उनसे ईशारो में पुछा की वो घरवाले कहा है? तब भी वही सेम प्रॉब्लेम, उन्होने भी हमे तमिल भाषा मे समझाने की कोशिश की पर हमारे पल्ले कुछ नही पडा| अब दोपहर के साडे बारह बज चुके थे|

प्रिती -

यार ये ऐसा कैसा गांव है| जहां किसी को भी हिंदी नही आती| मुझे तो ऐसा लगने लगा है। हम भारत मे नही, किसी दुसरे देश में है|

वैशाली -

तू सही कह रही है प्रिती, ऐसा ही रहा तो फिर हम धुंड चुके? दोनो परेशान हो गए और दोनो यहां वहां नजरे दौडाने लगे, बच्चों की माँ फिर से घर के अंदर चली

गई, बच्चे अपने खेलने में मशगुल हो गए| अब आगे क्या किया जाए कुछ समझ में नही आ रहा था|

प्रिती -

यार वैशू, तुझे ऐसा नही लगता की हम दोनो फालतू के चक्कर मे फंस गए और हमने यहाँ आकर बडी गलती कर दी|

वैशाली -

अब तो मुझे भी ऐसा ही लगने लगा है| वैशाली ने देखा कुछ दुरी पर से एक मुसलमान व्यक्ती जिसने सफेद पजामा कुर्ता और सर पर जालिदार गोल टोपी पहन रखी थी| उस व्यक्ती की उम्र लगभग ५०/५५ के आसपास की होगी| दाडी थोडी बढ़ी हुई थी, दाढी बालो में थोडी सफेदी भी आ चुकी थी| उन्होने एक बहोत ही खुशबुदार इत्र लगाया हुआ था| वो हमारे पास से गुजरा और अब कुछही दूर पर पहोचा होगा, तब मैने उन्हे पीछे से आवाज लगाई| भाईसाहाब ओ भाईसाहाब! वो मुसलमान व्यक्ती पीछे मुडा और इशारों में पुछने लगा| क्या आप ने मुझे पुकारा है| मैने हाँ में सर हिलाया|

प्रिती -

[फुसफुसाने लगी और वैशू से कहा]
    अरे इसे क्यु बुला रही है तू?

वैशाली -

[धीमी आवाज में]

अरे पगली हमारे पुरे हिंदुस्थान के मुसलमान अच्छी हिंदी बोल लेते है| फिर वो चाहे कोई भी राज्य से हो समझी? हो सकता है ईन्हे भी हिंदी आती हो तो हमारी मदद हो जाएगी|

प्रिती -

हाँ ये बात तो सही है|

[उतने में ही वो व्यक्ती उनके पास आ पहुंचा] [प्रिती, वैशू ने उन्हे नमस्कार किया| बदले में उन्होने भी उन्हे इशारो में सलाम कहां तब वैशू उनसे पुछने लगी]

वैशाली -

क्या आप को हिन्दी आती है?

मुसलमान व्यक्ती -

[मुस्कुराकर]

जी थोडी बहोत आती है|

[प्रिती, वैशु आसमान की ओर हाथ जोडकर थैंक गॉड]

प्रिती -

अब हमारी प्रोब्लेम सॉल्व हो सकती है|

वैशु -

हमे आप की थोडी मदद चाहिये थी।

मुसलमान व्यक्ती -

जी कहिये, मै आप की क्या मदद कर सकता हूँ?

वैशु -

[उस ताला लगे घर की ओर ईशारा कर के]
    क्या आप उन घरवालों को जानते हो?

मुसलमान व्यक्ती -

जी बिलकुल, ये तो जया अम्मा का घर है।

वैशु -

और कौन कौन है उनके घर में?

मुसलमान व्यक्ती -

पर ये आप क्यु जानना चाहती हो? और आप लोग है
कौन?

वैशाली -

[वैशाली ने वो कागज का तुकडा निकाला जिस में उस
घर का पता लिखा हुआ था। और उसे दिखाते हुए उस
मुसलमान व्यक्ती से पुछने लगी। ये उसी घर का पता
है ना?]

मुसलमान व्यक्ती -

[मुसलमान ने वो पता देखा और कहा]

मै हिंदी बोल सकता हूँ| पढ नही सकता| शायद ये हिंदी भाषा में लिखा हुआ है| मुझे तामिल और इंग्लिश भाषा पढनी और बोलनी आती है|

वैशाली -

क्या आप बता सकते हो? की क्या अम्मा के बेटे का नाम राज है?

मुसलमान व्यक्ती -

जी बिलकुल| उनके बेटे का नाम राज ही है| पर ये सब आप क्यु पुछ रही हो?

[बहोत ही उत्सुकता के साथ]

मै आप को सब बताती हूँ पर पहेले मुझे प्लीज वो सभी का जवाब चाहिये जो मै जानना चाहती हूँ|

मुसलमान व्यक्ती -

जी पुछीये पर थोडा जल्दी| मेरे जुम्मे की नमाज का वक़्त हो चला है|

वैशाली -

अब राज कहा है? क्या हम उनसे मिल सकते है अभी?

मुसलमान व्यक्ती -

ये तो अब किसी को भी नही पता की अब राज कहा है? इस घर में तो सिर्फ जया अम्मा ही अकेली रहेती है|

वैशाली -

क्या आप बता सकते हो की राज हमें कब और कहा मिल सकता है?

मुसलमान व्यक्ती -

[आसमान की ओर अपने दोनों हाथ उठाकर]

ये तो सिर्फ खुदा को ही पता है की हमारा राज कहा है|

[बहोत मायुसी से दर्द भरे आवाज में ये एक बहोत लंबी कहानी है]

वैशाली -

प्लीज बताओ ना, हम जानना चाहते है| राज के बारे में इसलिये तो हम इतनी दूर महाराष्ट्र के नाशिक से यहां आए है|

[प्रिती की ओर देखकर]

क्यु है ना प्रिती?

[प्रिती ने हां में सर हिलाया]

मुसलमान व्यक्ती -

एक काम करे| आप दोनो मेरे घर चलो, वहां थोडी देर बैठो, मै जुम्मे की नमाज अदा कर के आता हूँ| फिर मै

राज के बारे में सबकुछ बताता हूँ| वैशु और प्रिती एक दुसरे को देखकर नही भाई साहब हम यही रुकते है और हम आप के आने का ईन्तज़ार करते है आप जाईये|

मुसलमान व्यक्ती -

मुसलमान व्यक्ती ने सामनेवाले घर से उस औरत से तामिल में कुछ बाते की और उस औरत ने दुसरे ही पल २ कुर्सीया बाहर लेकर आई और एक पेड के नीचे रख दिया| तब उस व्यक्ती ने उन्हे बैठने को कहा| दोनो बैठ गये| फिर उस व्यक्ती ने तामिल में उस औरत को कुछ कहा, उतने में ही आजान हुई और वो वहा से चला गया| थोडी ही देर मे उस औरत ने २ ग्लास पानी लेकर आई और उन्हे दिया| मतलब उस व्यक्ती ने उस औरत को तामिल में दोनों को शायद पानी देने को ही कहा था| कुछ देर ईन्तज़ार करने के पछचात उन्हे वो व्यक्ती सामने से आता दिखाई दिया, हम दोनो उसे देखते ही खडे हो गए| तब उन्होने अपने सर से टोपी उतारी और अपने कुर्ते के जेब मे रख लिया और हम दोनों से कहा, आप दोनो मेरे घर चलिए, वही बैठकर बाते करते है|

वैशाली और प्रिती -

नही भाईसाहाब, यही बता दिजिए राज के बारे में|

मुसलमान व्यक्ती -

[एक हलकी सी मुस्कान के साथ]

सच बात तो ये है तुम्हे मेरे मुसलमान होने पे शक है, क्यु मैने सही कहा ना?

वैशाली -

[लडखडाए जुबान से]
नही ऐसी कोई बात नही है भाईसाहाब|

मुसलमान व्यक्ती -

पहेले तो आप दोनो मुझे भाईसाहब मत कहिये, क्यो की मेरी भी उमर तुम्हारे पिता के उमर के बराबर ही होगी और मेरा भी एक बेटा है जो अब लास्ट ईयर में पढता है| बेटी यकीन मानो मेरे घर में तुम्हे कोई परेशानी नही होगी और मेरा वादा है| आप को बहोत सुकुन और अपनापन मेहसूस होगा|

वैशाली प्रिती -

[वैशाली प्रिती ने बहोत शर्मिन्दगी मेहसूस की और उस व्यक्ती के साथ उनके घर चली गई, जो कुछ ही दुरी पर था| घर में उस व्यक्ती ने हमे सोफे पर बिठाया और खुद हमारे सामने कुर्सी लगाकर बैठ गया| इस कसबे में सबसे आलिशान मकान इन्ही का था शायद| फिर उस व्यक्ती ने रसोई की ओर देखकर आवाज लगाई]

मुसलमान व्यक्ती -

अरे, सुनती हो रेनु, देखो हमारे घर मेहमान आए है|
[रेनू नाम सुनते ही मै और प्रिती चौक पढे]

जल्दी पानी लेकर आओ,

[जब उस मुसलमान व्यक्ती ने हमे देखा तो उन्हे समझते देर नही लगी की ये दोनो कनफ्युजड है| रेनु ने ट्रे में पानी लाया और दोनों को दिया| फिर उस व्यक्ती ने हम दोनों से उसकी बीबी का परिचय करवाया| प्रिती और मैने अपना नाम बताया और फिर उस औरत ने अपना परिचय दिया]

रेनु -

[रेनु ने माथे पर एक बडी सी बिंदी लगा रखी थी| उसने कहा]

जी मेरा नाम रेनु है और ये मेरे शौहर, फिरोज|

[उस मुसलमान व्यक्ती की ओर इशारा कर के कहा]

वैशाली -

क्या मुस्लीम धर्म में भी बिंदी लगाते है? और क्या मुस्लीम धर्म में भी रेनु नाम रखते है? मेरे सुनने और देखने में ऐसा पहेली बार आ रहा है| क्यु प्रिती, तुमने पहेले ऐसा कभी देखा है?

प्रिती -

नही, मैने भी पहेले ऐसा कभी देखा या सुना नही|

फिरोज -

इसकी एक अलग कहानी है|

[एक हलकी मुस्कान के साथ]

तुम दोनो सिर्फ रेनु की बिंदिया देखकर चौंक गई, अभी तक तुमने हमारे घर के अंदर का मंदिर कहा देखा है?

वैशाली प्रिती -

व्हॉट? आप लोगों के घर के अंदर मंदिर भी है| यार प्रिती मेरा तो सर घुमने लगा है|

प्रिती -

यार मेरा भी|

वैशाली -

मुझे तो यकीन नही हो रहा है की एक मुस्लिम के घर के अंदर पूजा घर है| नॉट बिलिवेबल|

फिरोज -

जब घर के अंदर मंदिर है तो मानना तो पडेगा और तो और, हमारे घर में हर गुरुवार को साईबाबाजी की आरती भी होती है|

[एक गहरी सांस लेने के बाद फिरोज अपना चष्मा पोचते हुए]

ना मानो तो कुछ नही हाँ अगर मानो तो, सबका मलिक एक है|

वैशाली -

[अगले ही पल फिरोज के पैर पकडकर माफी मांगने लगी और कहां]

हमने आप को बहोत गलत समझा अंकलजी हमने आप को समझने में बहोत बडी गलती की| प्लीज हमे माफ कर दो, प्लीज माफ कर दो|

[मै अपना सर झुकाए फिरोज के कदमों मे बैठी रही]

फिरोज -

[फिरोज ने सर पर आशिर्वाद के हिसाब से हाथ फेरा और कहने लगे]

नही बेटा, गलती तुम्हारी नही है| गलती तो उन लोगों की है जिन्होंने हिंदू मुस्लीम के बीच ये नफरत की दिवार खींच रखी है|

[वो बहोत भाऊक हो गये, मुझे सोफे पर बैठने का इशारा किया और कहने लगे]

बेटा मेरी और रेनु की लव मॅरीज हुई थी| पर मैने कभी भी रेनु का धर्म परिवर्तन कराने की कोशिश नही की| रेनु वो हर कर्मकांड करती है जो एक हिंदू स्त्री को करना चाहिये और मै अपने धर्म का पालन करता हूँ| हमारे इस छोटे से परिवार में हमने कभी भी राम और रहिम को अलग नही समझा| मेरी नजर में राम और रहिम एक ही सिक्के के दो पहेलू है|

फिरोज -

चीत भी हमारा और पट भी हमारा ये तो हुई हमारी बात पर आप बताईए? आप क्यू जया अम्मा से मिलना चाहती हो? आप दोनों हो कौन? और बेटा आप आए कहा से हो? आप तो यहां के नही जान पढते और राज से आप का क्या लेना देना?

[इतना कहकर फिरोज रेनु की ओर देखने लगा]

वैशाली -

[मुस्कुराकर]

अरे अरे अंकल रुकीये जरा, एक साथ ईतने सवाल, रुकीये मै आपको सब बताती हुँ और शायद वो आप ही हो जो हमारी मदद कर सकते हो|

फिरोज -

बिलकुल, पुछिये जो पुछना है| संभव मै तुम्हारी मदद करने की कोशिश करुंगा|

वैशाली -

हम महाराष्ट्र के नाशिक से आये है|

[वैशु फिरोज और रेनु की ओर देखकर क्या कभी आप ने नाशिक का नाम सुना है?]

फिरोज -

[रेनु की ओर देखकर]

जी हम भी एक बार नाशिक गये थे तकरीबन २५ / ३० साल पहेले

[एक हलकी सी मुस्कान के साथ]

शायद उस वक़्त आप दोनों का जन्म भी नही हुआ होगा| क्यु ठीक कहां ना मैने?

वैशाली -

[हंसकर]

जी बिलकुल ठीक कहां आपने, अंकल आंटी| क्या आप राज और उनकी मम्मी को पहेले से जानते हो?

फिरोज -

रेनु तो २५/ ३० साल से जानती है| पर मै तो पैदा ही राज की अम्मा के सामने हुआ हुँ| मै राज की अम्मा और राज को जन्म से ही जानता हुँ|

वैशाली -

तो आप राज के बारे में बहोत कुछ जानते होंगे अंकल?

फिरोज -

जी नही| बहोत कुछ नही| बल्की सब कुछ जानता हुँ और रेनु भी| राज मेरा लंगोटीया यार है|

वैशाली -

कुछ बताइये ना राज के बारे में|

फिरोज -

पर तुम क्यु जानना चाहती हो राज के बारे में?

वैशाली -

दरसल राज की एक अमानत मेरे पास है और वो अमानत मै राज को लौटाना चाहती हुँ।

फिरोज -

राज की अमानत और तुम्हारे पास? ये कैसे हो सकता है। अच्छा ठीक है। आप राज की अमानत मुझे दे दिजिये, मै राज को दे दूँगा।

वैशाली -

सॉरी अंकल, मै वो अमानत राज के हाथ में ही दूंगी।

फिरोज -

क्यो बेटी, अपने फिरोज अंकल पर भरोसा नही है क्या?

वैशाली -

ऐसी बाता नही है अंकल। प्लीज मुझे गलत मत समझना पर मै वो अमानत उनके हाथ में ही दूंगी।

फिरोज -

जैसे आपकी मर्जी बेटी।

वैशाली -

कुछ बताईए ना अंकल, राज के बारे में|

फिरोज -

ठीक है बेटी पर.....

वैशाली -

पर क्या अंकल?

फिरोज -

पर एक शर्त है|

वैशाली -

शर्त कैसी शर्त?

फिरोज -

आप दोनों को आज दोपहर का खाना हमारे साथ ही खाना होगा|

वैशाली -

शर्त और इतनी प्यारी शर्त| हमे कुबुल है| ये तो हमारी खुशनसिबी होगी की हमारे घर से हजारो मील दूर किसी दुसरे शहर में हमे कोई अपना समझकर हमे खाने का निमंत्रण दे, हम दोनों तो ऐसी दावत को कभी मिस नही करना चाहेंगे|

[फिर सभी ने खाना खाया, खाने के बाद सभी आराम से बैठकर बाते करने लगे| फिर फिरोज अंकल ने कहानी सुनाना शुरू की जिससे की हमे राज की जानकारी मिल सके]

फिरोज -

मै और राज बचपन से साथ खेलकूदकर बडे हुए थे| हम दोनो एक ही स्कूल में पढा करते थे| बाद में एक ही कॉलेज में हमारा ऍडिमिशन भी हुआ|

वाह क्या खूबसूरत दिन थे वो मानो उपरवाले ने हम सभी दोस्तो की जिंदगी में रंगबिरंगे हजारो तरह के रंग भर दिया हो जैसे| कॉलेज में हम सभी दोस्तों का ऍडमिशन हुआ| हम सभी दोस्त एक ही क्लास में थे|

फिरोज -

मैने अपनी पढाई पुरी की और आज मै एक बडी कंपनी मे इंजिनीअर की नौकरी करता हुँ| अगर मै चाहता तो शहर में जाकर रह सकता था पर इस छोटे से गांव से मेरी बहोत सारी यादे जुडी है| ईसीलिए मैने इसी गांव में आजीवन रहने का फैसला किया| पर हमारे कॉलेज के दिन हमारे जिंदगी के सबसे सुनहरे दिन थे| एक एक पाल मानो जिंदगी जीने की प्रेरना दे रहा हो| जैसे उन दिनों की बात ही कुछ और थी| चलो, आज मै तुम्हे हमारे कॉलेजवाले दिनों के सफर पर ले चलता हुँ जिससे तुम राज के बारे में कुछ जान पाओ|

FLASH BACK

// भाग (२) //

हमारे कॉलेज में हर वर्ग के बच्चे पढा करते थे| अमीर, गरीब, हिंदू, मुसलमान पर अमिरी गरीबी में भेदभाव जरूर था| इसका उदाहरण हम खुद थे| हमारे ही क्लास में एक अती सुंदर लडकी थी| जो यहा पढने के लिये उत्तर प्रदेश से आई थी| उसका नाम था हरनीप्रिया| जैसा नाम वैसे ही वो बला की खुबसूरत थी| सभी कॉलेज के लडके उसके दिवाने थे और उसी हरनीप्रिया पर लट्टू हुए थे|

हमारे राज मियाँ,

हमारा राज भी कोई कम ना था| दिखने में सावला पर टॉल हंड्सम डॅशिंग पर हरनीप्रिया एक राज घराने की बेटी थी और बेचारा राज एक गरीब परिवार से| कहां महलों की रहनेवली और कहां राज झुग्गियों में रेहनेवाला गरीब परिवार से| जिस परिवार को दो वक्त की रोटीयाँ जुटाने में भी बहोत सी मुश्किलें आती थी|

राज के पिता तो बहोत पहेले ही अल्ला को प्यारे हो गए थे जब राज महज ५ साल का था| तब से आज तक राज की अम्मा जया माँ लोगों के घर में काम कर के दो वक्त की रोटी का गुजारा करती है| जो सिलसिला आजतक बिलकुल वैसे ही चला आ रहा है| मै अपनी गर्लफ्रेंड रेनु के साथ कॉलेज के गेट में एन्ट्री की मेरे पीछे पीछे राज भी कॉलेज के गेट से अंदर आया| उसी

वक्त हरनीप्रिया ने अपनी सायकल से राज को क्रॉस किया, और सीधे सायकल स्टँड की ओर चली गई और अपनी सायकल पार्क कर रही थी| तभी मोटरसायकल की गडगडाहट के साथ कुछ ७ / ८ लोग ४ मोटर सायकलपर कॉलेज के गेट के अंदर दाखील हुए| वो कोई ओर नही, कांचीपुरम के एम.एल.ए के बिगडेल बेटे हिरेन शाह अपने दोस्तों के साथ कॉलेज आए थे| जैसा बाप वैसा बेटा|

हिरेन शाह मूल राजस्थान निवासी था| पर उनके दादा, परदादा व्यवसाय करने यहाँ तामिलनाडू आये और यही बस गए| दो पिढी के बाद हिरेन शाह के पिताजी का राजनीती में प्रवेश हुआ और वो एम. एल. ए. चुने गये और तभी से पुरे शहर में बाप बेटे का दबदबा कायम हो गया|

लडाई झगडे खून खराबा ये तो इन लोगों के लिये आम बात थी| हिरेन के चाचा भी दबंग किसम के व्यक्ती है और हमारे कॉलेज के ट्रस्टी भी| पुरे शहर में शाह परिवार का ही सिक्का चलता था| कॉलेज में मारपीट, लडाई झगडे, लडकियों को छेडना, गरीबों की बेईज्जती करना ये हिरेन शाह के लिए आम बात थी| हिरेन के दोस्तों का भी कॉलेज में बहोत आतंक था| सच मायने में हम सभी दोस्त भी हिरेन के ग्रुप से बहोत खौफ खाते थे| हिरेन ने अपनी मोटर सायकल सीधे हरनीप्रिया के पास ले गया और हरनीप्रिया से.....

हिरेन -

गुड मॉर्निंग हरनी डियर।

हरनीप्रिया -

गुड मॉर्निंग हिरेन।

हिरेन -

कैसी हो हरनी?

हरनीप्रिया -

अच्छी हुँ और आप?

हिरेन -

फिट ऑन्ड फाईन।

हरनीप्रिया -

मॉम डॅड कैसे है हिरेन?

हिरेन -

गुड, कल तुम्हे याद कर रहे थे। शायद पापा को तुम्हारे डॅड का फोन आया था।

हरनीप्रिया -

[मम्मी पापा से कहना, मै उनसे मिलने जल्दी ही आउंगी। हरनीप्रिया के पिताजी और हिरेन के पापा एक दुसरे को अच्छे से पहचानते थे।

क्यु की हरनीप्रिया के पापा लखनऊ के एक प्रसिद्ध बिल्डर है और उन्होने हरनीप्रिया को हिरेन के पिताजी के भरोसे यहा कांचीपुरम के कॉलेज में ऑडमिशन दिलवाया था| क्यू की (युपी) उत्तर प्रदश में बहोत ही गुंडागर्दी का माहोल है]

अब हरनीप्रिया और हिरेन अपने दोस्तों के साथ क्लास में गये| क्लास में एन्ट्री करते ही हिरेन और उनके दोस्तों ने हंगामा शुरू कर दिया| जैसे लडकों को टप्पू मारना, लडकीयों की चोटी खींचना, ये रोज क्लास में टीचर के आने से पेहेले का कार्यक्रम होता था| सभी क्लास के लडके लडकीयाँ इनसे बहोत परेशान थे और जैसे ही टीचर क्लास में आ जाते तो ये सभी दौडकर अपनी अपनी जगह पर बैठ जाते और शराफत का चोला ओड लेते| पुरा का पुरा कॉलेज हिरेन और हिरेन के दोस्तों से परेशान हो चुका था|

पर ना हरनीप्रिया उनकी बातों का बुरा मानती ना ही उनके बातों को तवज्जू देती| हरनीप्रिया की मजबूरी ये थी की हिरेन के अलावा और किसी को हिंदी नही आती थी और कॉलेज में हरनीप्रिया अपना ज्यादा से ज्यादा वक्त हिरेन से बात करके ही बिताती थी| क्यों की उसे थोडा भी तामिल भाषा का ग्यान नही था|

यहाँ रोज राज हरनीप्रिया को नजरे बचाकर देखने का प्रयास करता पर कभी बात करने की हिम्मत नही की और करता भी कैसे राज को हिंदी जो नही आती थी|

वक्त अपनी रफ्तार से बितता गया और रोज डे वाला दिन आ गया| मैने और रेनु ने राज से कहां रोज

डे को ही तुम हरनीप्रिया को एक लाल गुलाब देकर प्रपोज कर देना।

रोज डे के दिन सभी कॉलेज के लडके सजधज के हाथों में गुलाब लिये कॉलेज में आ गए। राज ने देखा हरनीप्रिया एक पेड के नीचे बैठकर पढ रही है। मैने और रेनु ने कहा ये अच्छा मोका है। जाकर प्रपोज कर दो। राज ने भी हिम्मत जुटाया और हरनीप्रिया की ओर कदम बढाया। वो जाकर हरनीप्रिया के सामने खडा हो गया। हरनीप्रिया ने जैसे ही राज को देखा वो उठ खडी हुई।

राज प्रपोज कर पाता उससे पहेले ही वहां हिरेन और उसका ग्रुप आ पहोंचा और राज की और घुरकर देखने लगा और अपनी जेब से एक लाल गुलाब निकालकर हरनीप्रिया को प्रपोज करने लगा।

हरनीप्रिया -
[हरनीप्रिया ने कहा]

हिरेन अगर आप चाहे, तो हम अच्छे दोस्त बन सकते है। उससे आगे कुछ नही।

हिरेन के दोस्त -
[हिरेन ने अपने दोस्तों की ओर देखा तो उन्होंने उसे तामील में कहा]

हिरेन भाई दोस्ती कर लो, आगे प्यार अपने आप हो जाएगा।

[हिरेन ने हरनीप्रिया की दोस्ती की बात मान ली| फिर उसने वो गुलाब जेब में रख लिया और दुसरी जेब से पिला गुलाब निकाला और हरनीप्रिया को दे दिया, हरनीप्रिया ने हसकर स्वीकार कर लिया] [राज ये सब तमाशा देखता रहा और वो गुस्से से पीछे मुड़ा| अपने हाथ का लाल गुलाब जमीन पर फेंककर, उसे अपने पैरों से कुचल दिया| हरनी ने ये सब देखा तो उसे बहोत बुरा लगा]

फिर भी राज और हम सभी दोस्त एक आस लिये गर्ल्स हॉस्टेल जहां हरनीप्रिया रहती थी उसके सामनेवाले ग्राउंड में रोज क्रिकेट खेलने जाया करते थे| कुछ हफ्ते ऐसी ही बीत गये| राज कॉलेज तो आता मगर हरनीप्रिया से नजरे मिलाने की हिम्मत नही करता| ये मै रेनु और दुसरे दोस्त चुपचाप देखते रहे| फिर मैंने राज से कहा|

फिरोज -

तू आखिर चाहता क्या है? अरे जब तक तू हरनीप्रिया को नही बतायेगा की तू उससे प्यार करता है तो उसे भी कैसे मालूम होगा? एक तो तुम्हारी प्रॉब्लेम ये है की तुम्हे हिंदी नही आती और हरनीप्रिया को तामिल|

[फिर मैंने मजाकीया मूड से कहा]

मानो तुम्हे हरनीप्रिया ने हाँ भी कर दी, तो भाई तू बात क्या करेगा?

राज -

यार प्यार की कोई भाषा नही होती सिर्फ आँखों की भाषा पढनी आनी चाहिये।

फिरोज -

चलो माना, तुम जो कह रहे हो वो सही भी हो, पर उसके लिए तुम्हे प्रपोज तो करना ही पडेगा ना मेरे भाई।
[रेनु की ओर देखकर]
यार रेनु, तू समझा इस पगले को।

रेनु -

राज फिरोज सही कह रहा है। प्रपोज तो करना ही पडेगा। उस बेचारी को क्या मालूम की तुम उसे कितना चाहते हो?

फिरोज -

अभी अगर मैं रेनु को दो साल पहेले प्रपोज नही करता तो क्या रेनु आज मेरी गर्लफ्रेंड होती? नही ना? समझने की कोशिश कर यार मेरे भाई।

रेनु -

सही वक्त पर लडकियों को प्रपोज नही किया ना तो फिर तुम भी सागर की तरह सिर्फ लडकियों को देखते ही रह जाओगे।
[दरसल सागर भी हमारे ही ग्रुप का है। हमारे ग्रुप में हम चारों एक दुसरे से सभी बाते शेअर करते थे]

सागर -

भाई लोग इस मामले में मुझे बीच में मत घसीटो| मै ऐसे ही सही हुँ, मुझे मेरे बारे मे पता है| मै कभी भी प्रपोज नही कर पाऊँगा, माना मै सपना से बेहद प्यार करता हुँ शायद वो भी मुझसे प्यार करती होगी पर उसके साथ में वो २ चुडैल रहती है ना? सना और मीरा|

[सागर मुँह बनाकर डरते हुए]

उनसे मेरी बहोत फटती है| यार वो दोनो चुडैल की शक्ल अच्छी तो नही है| उनकी भाषा भी बहोत डेंजरस है| भाई तुम दोनों को याद है ना? मैने दो साल पहले सपना को प्रपोज किया था| यार वो हाँ ही बोलनेवाली थी| पर वो दोनो चुडैल, सना और मीरा ने सपना के जबाव देने से पहेले ही इतने नॉनव्हेज भाषा में गाली दी थी|

सागर -

और तो और, कोई आवारा कुत्ते को भी ऐसा नही मारता होगा| वैसे दोनो चुडैलों ने मुझे धोया था| सच बोलू यार

[सागर इमोशनल होकर]

मेरी मम्मी भी मेरे पापा को बहोत डांटती है| पर मेरे पापा का लेवल इतने नीचे नही गिराती यार| जैसे वो दो चुडैलों ने मेरे साथ किया था, भगवान किसी के साथ ना करे|

राज -

सुन भाई सागर, हम आज जैसे भी है फिट अँड फाईन है| हमारी गर्लफ्रेंड नही है| तो क्या हुआ पर हमारी बॉडी तो सही सलामत है|

सागर -

[इमोशनल होकर]

तुझे ऐसा लगता है| मेरी बॉडी सही सलामत है| पर सच बोलता हूँ भाई, उन दो चुडैलों ने जो मुझे दो साल पहेले धोया था ना साला आज भी थंडी में बहोत दर्द उठता है| ये फिरोज की बातों में मत आना भाई रेनु की कोई सहेली नही थी, इसलिए बच गया साला, पर हम दोनोवाली के साथ तो पुरा डाकुओं का गँग ही घुमता है| तेरीवाली के साथ तो पुरी सैतानों की टोली ही रहती है|

रेनु -

अरे सागर भाई रुको, तुम्हारी सपना की बात अलग है और हरनीप्रिया की बात अलग है| बात को जरा समझा करो,

सागर -

वो देख सामने, सैतानों का नाम लिया शैतान हाजीर| यार इतने तो प्रधानमंत्री के बॉडीगार्ड नही होते| जितने हरनीप्रिया के साथ आ रहे है| मेरीवाली के साथ सिर्फ दो चुडैल रहती है पर हरनी के साथ तो पुरे चंबल के

डाकुओं की फौज है| मेरी तो साला वो हिरेन को देखकर ही बहोत फटती है| जैसा बाप वैसा बेटा|

राज -

पर यार सागर, मुझे पुरा यकीन है| हरनीप्रिया सिर्फ हिरेन की दोस्त है| उससे ज्यादा कुछ नही| ये रोज डे वाले दिन मैने खुद अपनी आँखों से देखा है और कानों से सुना है|

फिरोज -

तुम सही कह रहे हो राज|

राज -

अरे जब तक मै हरनीप्रिया को अपने दिल का हाल नही बताउंगा, तब तक उसे कैसे पता चलेगा की मै उससे कितना प्यार करता हुँ| चाहे जो भी हो मै कल ही हरनीप्रिया को प्रपोज करुंगा|

फिरोज रेनु -

ये हुई ना बात|
    [और मैने राज को गले से लगा लिया और राज की पीठ थपथपाने लगा]

सागर -

अरे अरे रुको|

[ईतना कहते ही सागर सामने की ओर गौर से देखने लगा]

फिरोज -

अरे इताना गौर से क्या देख रहा है तू?

सागर -

मुझे राज का आनेवाला कल दिख रहा है|
[सागर एकदम सिरीयस होकर]

फिरोज -

ये क्या बकवास कर रहा है तू?

सागर -

नही ये बिलकुल सच है| मै तु और रेनु हाथ में नारीयल पानी लेकर एक बडे से सरकारी हॉस्पिटल में जा रहे है| वहा राज एक बेडपर लेटा हुआ है और राज के पुरे बॉडी पर सिर्फ प्लास्टर ही प्लास्टर है| एक हाथ में राज को सलाईन चढाई जा रही है और दुसरे हाथ से खून की बोतल और हम तीनों राज को नारीयल पानी पिला रहे है|

फिरोज -

[फिरोज ने सागर को पकड कर हिलाया और कहां]
ये क्या बकवास है? भाई मैने तुम्हे जो दृश्य दिखाया है ना साला वो हिरेन राज को वैसे ही तोडेगा| मैने

तो राज का सिर्फ कल बताया है पर राज तू आज ही सुधार जा।

[राज आनेवाले कल की तैयारी करने लगा। उसने सागर की बातों को कोई तवज्जू नही दी। सच बात तो ये थी की, हरनीप्रिया भी राज से बेहद प्यार करने लगी थी। बस ईन दोनों के बीच सिर्फ एक ही दिवार थी। वो थी भाषा की दिवार, हम सब भी ये जानते है। ना प्यार रंग देखाता है ना रूप, ना अमिरी, ना गरीबी, ना भाषा, ना मुल्क, प्यार सिर्फ प्यार ही देखता है। सही मायने में आग दोनों तरफ बराबर लगी हुई थी। सबर का बांध टुट चुका था। पागल प्रेमी कुछ भी कर गुजरने को तैयार थे बस सिर्फ एक काली रात बीतने की देरी थी।

अगली सुबह राज को कॉलेज जाना था। ९ बजे पर राज की आँखे सुबह ४ बजे ही खुल चुकी थी। वक़्त काटे से नही कट रहा था। सुबह के ५ बजे तक राज तैयार हो चुका था। घर के बाहर लागे एक छोटे से शीशे में देखकर अपने बालों को सवारने लगा। जब की हर तरफ अंधेरा छाया हुआ था। शीशे में चेहरा भी साफ नजर नही आ रहा था। अब सुबह के ६ बज चुके थे।

मै अपने घर से पानी का डिब्बा भरकर सौंच के लिए कुछ ही दुरी पर बना गाव का सार्वजनिक शौचालय की ओर जा रहा था। मेरे मुँह मे टूथब्रश था और मुझे राज के घर को पार कर के ही जाना होता था। मैंने अपनी आंखे मसली और देखा की राज इतनी सुबह तैयार हो चुका है और अपने बाल बना रहा है। मै राज के पास गया और उससे कहा।

फिरोज-

अरे राज शौचालय नही चलना है?

राज -

मै सुबह ४ बजे ही जाकर आ चुका हुँ|

फिरोज-

कही बाहर जा रहे हो क्या राज?

राज -

नही यार कॉलेज की तैयारी कर रहा हुँ|

फिरोज -

पर कॉलेज तो ९ बजे जाना है| ओके, ओके मतलब आज तुने ठान ही लिया है की आज तू हरनीप्रिया को प्रपोज कर के ही दम लेगा ठीक है| मै भी फटाफट रेडी होकर आता हुँ, आज कॉलेज जल्दी चलते है|

आज हरनीप्रिया भी कॉलेज जल्दी आ चुकी थी| हाथो में फुलों का गुलदस्ता| अपनी सायकल उसने सायकल स्टँड पर लगाई और वही खडी रही| उसे उम्मीद थी की आज कुछ अच्छा होनेवाला है| उसी वक्त फिरोज की सायकल पर रेनु और सागर की सायकल पर राज की कॉलेज गेट में एन्ट्री हुई| राज की नजर हरनीप्रिया पर पडी| उसने देखा हरनीप्रिया सायकल स्टँड पर ही खडी है| राज का दिल जोर जोर से धडकने लगा और वो हरनीप्रिया की ओर बढने लगा| जैसे ही हरनीप्रिया की

नजर राज से टकराई, एक हलकी सी मुस्कान के साथ उसने अपनी नजर झुकाई, मानो दोनों के दिल जोर जोर से धडकने लगे हो|

सागर भी अब सायकल स्टॅंडपर पहोच चुका था और फिरोज भी, जैसे ही सागर ने सायकल रुकाई| राज नीचे उतरा, कुछ ही फासले पर हरनीप्रिया खडी हुई थी पर राज की हिम्मत नही हुई की वो कुछ बोल पाए| रेनु ने ये सब देखा और माहोल बनाने के लिए जबरदस्ती हरनीप्रिया से बात करने लगी|

रेनु-
हरनीप्रिया गुड मॉर्निंग|

हरनीप्रिया -
गुड मॉर्निंग

रेनु -
जी मेरा नाम रेनु है|

हरनीप्रिया-
जी मै जानती हुँ|

रेनु -
ये मेरे दोस्त, सागर, फिरोज और ये राज|

हरनीप्रिया -

जी मै सभी को जानती हूँ| ये सभी अपने दोस्तों के साथ गर्ल्स हॉस्टेल के पासवाले ग्राऊँड पर रोज खेलने आते है और मै रोज गॅलरी में खडी रहकर इनका खेल देखती हूँ| राज आप बहोत अच्छी बॅटिंग करते हो|

राज -

थँक यु|

हरनीप्रिया -

[फिरोज की ओर इशारा कर के]

आप भी बॉलिंग बहोत तेज करते हो कपिल देव की तऱह|

फिरोज -

थँक यु जी|

हरनीप्रिया -

राज दरसल मै कुछ दिनों से तुमसे कुछ कहना चाहती हुँ पर कभी मोका नही मिला| आज मै सोचकर आई थी की मै आज कोई भी हाल में आपसे बात जरूर करूंगी|

राज -

दरसल मै भी आज आपसे कुछ कहना चाहता हुँ|

[हरनीप्रिया ने अपनी साईड बॅग खोली| और उसमे से फुलों का गुच्छा निकाला और जैसे ही वो राज को

फुल देने के लिए आगे बढी बस अब वो राज को फुल देने ही वाली थी उतने में वहाँ हिरेन का ग्रुप आ टपका| हिरेन ने आगे बढकर हरनीप्रिया के हाथों से वो फुलों का गुच्छा लिया और हरनीप्रिया को|

हिरेन -

थँक यु हरनी, हमने सोचा भी नही की तुम मेरे लिये फुलो का गुच्चा लिए यहा ईन्तज़ार कर रही हो| थँक यु हरनी थँक यु सो मच,

[हिरेन फुलों की ओर निहारकर]

ये फुल भी बिलकूल तुम्हारी ही तरह बहोत खूबसुरत है|

[अब हरनीप्रिया की समझ में नही आया की ये अचानक सब क्या हो गया था]

[अगले ही पल हिरेन ने वो फुल अपने दोस्तों के हाथ में थगाया और हरनीप्रिया के करीब आकर कहने लगा मजाकीया अंदाज में]

हिरेन -

[राज और उनके दोस्तो की ओर इशारा कर के]

बाय द वे, तुम इन भिकारियों से क्या बात कर रही थी?

हिरेन -

इनकी लेवल बहोत छोटी है| इनसे बात करना तो दूर, इनकी ओर देखना भी नही चाहिए बेबी|

[हिरेन ने हरनीप्रिया का हाथ पकडा और अपने दोस्तो के साथ क्लास की ओर जाते वक्त पीछे मुडकर कहा]

साले भिकारी कही के|

[और चलते चलते हरनीप्रिया को समझाने लगा]

अरे बेबी, ऐसे गरीबों से बात नही करते तुम्हे मालूम है| ये सभी के सभी भिकमंगे झोपडपट्टी मे रहेते है| इन्हे हमे जुते की नोक पर रखना चाहिये|

मेरे पापा इलेक्शन के वक्त, इन झोपडपट्टीवालों को पांच पांच सौ रुपये देकर, इनके वोट खरीद लेते है| अगर तुम कभी इनके घर गई तो तुम इनके घर का पानी भी नही पी पाओगी भिकारी कही के|

[हिरेन ने जो अभी कहां था वो सुनकर अब सभी को शरमिन्दगी होने लगी, अपनी गरीबी पर हम सभी हिरेन के जाने के बाद क्लास मे जाकर बैठ गए| अब हरनीप्रिया क्लास में एकटक राज को देखती रही पर राज ने एक बार भी हरनीप्रिया की तरफ नही देखा] [दुसरे दिन हरनीप्रिया सायकल स्टँड पर राज का ईन्तजार कर रही थी| पर राज कॉलेज नही आया| मै, रेनू और सागर कॉलेज तो आए पर हरनी से दूर ही रहे]

जब ये सभी दोस्त क्लास मे बैठे थे तब हिरेन हम तीनों को देखकर भीक मांगने के स्टाईल में इशारा कर के परेशान करने लगा| अब रोज हिरेन ऐसे ही इशारे कर के परेशान करने लगा| अब राज ने कॉलेज आना बंद कर दिया| राज को अब कॉलेज आए पुरा एक हफ्ता बीत चुका था| नाही वो कॉलेज आता, ना ही वो गर्ल्स

हॉस्टेल के सामनेवाले ग्राउंडपर खेलने जाता| पुरे एक हफ्ते बाद सोमवार की सुबह हरनीप्रिया कॉलेज में जल्दी आकर कॉलेज के गेटपर खडी हो गई और हम सभी का ईन्तज़ार करने लगी| कुछ ही देर में हरनीप्रिया ने हम सभी दोस्तों को सामने से आते देखा| हरनीप्रिया ने मुझे ओर मेरे दोस्तों को रोका और हरनीप्रिया ये जानती थी की मुझे हिन्दी समझ में आती है| फिर हरनीप्रिया ने मुझसे पुछा|

हरनीप्रिया -

राज कॉलेज क्यु नही आता? उसकी तबीयत तो ठीक है ना?

फिरोज -

हरनी जी, तबीयत तो ठीक है| राज की पर उस दिन आप के सामने हिरेन ने हमे भिकारी कहां था| उस से उस के दिल को बहोत ठेस पहोंची| माना हम गरीब जरूर है पर हमारी भी तो ईज्जत है| जब हिरेन ने कहां की हम झोपडपट्टी में रहते है, हम गरीब है, हमारी औकात नही है|

आप जैसे अमीरों से बात करने की वहा तक तो ठीक है| हम गरीब है| इसमे हमारा क्या कसूर? क्या इस संसार में गरीबों को जिने का कोई हक नही है और उपर से सभी के सामने हमे भिकमंगा फकीर भिकारी कहेना क्या अमीरों को शोभा देता है? नही ना? यही सभी बाते सुनकर राज बिलकुल टुट गया है| पर अभी वो संभल

चुका है और हाँ शायद कल परसों से वो कॉलेज भी आना शुरू कर देगा| उसका पढना बहोत जरुरी है| वो इस गरीबी की दलदल से बाहर निकलना चाहता है| वो अपनी माँ के बुढापे को सुरक्षित करने के सपने देखता है और वैसे भी मॅडमजी, किसी भी गरीब लडके को अमीर लडकी से प्यार करने का कोई हक्क नही है| माना वो आपसे बेहद प्यार करता है पर वो आप को कभी भी प्रपोज करना नही चाहता था| पर हमी लोगों ने ऐसा करने के लिए उसे उकसाया था|

[हरनी भी रो पडी और मेरा हाथ पकडकर सिसक सिसककर कहने लगी]

हरनीप्रिया -

फिरोज उस पगले को कहना तेरी हरनी तेरे बगैर अधुरी है| अरे एक बार पुछ तो लिया होता की मै उससे प्यार करती हुँ या नही? अरे प्यार क्या चीज है, जान निछावर कर देती मै अपने राज पर|

रेनु -

[रेनु आगे आई और हरनीप्रिया को गले से लगा लिया]
    सॉरी यार हरनी, हमे नही पता था की तुम भी राज से बहोत प्यार करती हो|

फिरोज -

प्रपोज तो उसने किया नही, पर बदले में उसे क्या मिला बेइज्जती, जिल्लत, शर्मिन्दगी? उसी दिन राज ने कहा

था हम गरीबों को उँचे महलों के सपने देखने का कोई हक नही, हम गंदी नाली के कीडे है| घुट घुटकर मरना ही हमारी किस्मत है|

[मै सिसक सिसक कर रोने लगा]

तुम नही जानती हरनीप्रिया, राज ने तुम्हारे लिए सिर्फ तुम्हारे लिए रात दिन एक कर के हिन्दी लिखना और बोलना सिख गया|

[मै फिर जोर जोर से रोने लगा] [मैने हाथ जोडकर हरनी से कहां]

ये जो भी बाते मैने आप से कही है| वो मेरे नही राज के शब्द है| जो उसने उस रात को रो रो कर हमे सुनाया था,

[हरनी भी रो पडी, और मेरा हाथ पकडकर सिसक सिसक कर कहने लगी]

हरनीप्रिया -
क्या मै इसी वक्त राज से मिल सकती हुँ?

फिरोज -
हा पर?

हरनीप्रिया -
पर क्या फिरोज?

फिरोज -
हम जहां रहते है वो जगह कुछ खास नही है|

हरनीप्रिया -

ये क्या कह राहे हो फिरोज? अरे जहां मेरा राज रहता है वो जगह मेरे लिये स्वर्ग से कम नही|

[फिर हम सभी ने कॉलेज बंग कर के राज के घर पहोंचे| राज टी शर्ट और लुंगी पहेने छोटे बच्चों के साथ कंचे खेल रहा था| हम सभी वहां पहुंचे फिर मैने राज को आवाज लगाई]

[जैसे ही राज पीछे मुडा, वो एकदम हक्का बक्का रह गया और इशारों में राज ने मुझसे और सागर से क्या है? ऐसा ईशारा किया] [हाथों के ईशारे से ये हरनीप्रिया इधर क्यु? और किसके लिये?] [राज जल्दी से घर के अंदर गया और दो प्लास्टिक की कुर्सी लेकर बाहर आया और हरनी और रेनु को बैठने को कहा| मुझे और सागर को साईड मे ले जाकर]

राज -

साले ये सब क्या है?

सागर -

[धीमी आवाज में राज से कहने लगा]
भाई आग दोनों तरफ बराबर लगी है|

फिरोज -

हम तो तेरा वन साईड लव समझ रहे थे पर गाने तो दोनों साईड से बज रहे है|

राज -

यार मै कुछ समझा नही|

सागर -

हरनीप्रिया भी तेरे साथ इलु इलु गाना चाहती है|

फिरोज -

[मैने राज को गाने के अंदाज में समझाया]
    मै तेरे प्यार में पागल साथ में सागर कोरस देता हुआ|

सागर -

पागल, पागल, पागल

राज -

अरे चुप कर यार| मुझे तो यकीन ही नही हो रहा है|

फिरोज -

चल तुझे यकीन दिलाते है|
    [तीनों हरनीप्रिया के सामने आकार खडे हो गए]

हरनीप्रिया -

तुम्हारी तबीयत तो ठीक है ना राज?

राज -

हाँ मै बिलकुल ठीक हुँ|

हरनीप्रिया -

मेरी एक रिक्वेस्ट है|

[सभी दोस्त एक दुसरे का मुँह देखने लगे]

तुम सभी दोस्त इतने दिनों से गर्ल्स हॉस्टेल के सामनेवाले ग्राउंड पर नही आए, प्लीज आज से फिर आना शुरू कर दो, मै वही राज से अकेले में बात करना चाहती हुँ|

फिरोज -

हां हां जरूर| हम जरूर आ जायेंगे, क्यु सागर?

सागर -

आप कहे तो अभी आ जाए हम?

[और हम सभी हसने लगे] [शाम को हरनीप्रिया हम सभी का ग्राउंड पर ईन्तज़ार करती हुई नजर आई, बाकी सभी क्रिकेट खेलने लगे| राज और हरनी ग्राउंड के एक कोने में जाकर बैठ गए और बाते करने लगे]

राज -

कुछ बताओ अपने बारे में हरनीप्रिया|

हरनीप्रिया -

सिर्फ हरनी कहो,

राज -

अच्छा हरनी कुछ बताओ अपने बारे में? आप कहां से हो?

हरनी -

राज आप की हिन्दी बहोत अच्छी है| कम से कम मै समझ तो सकती ही हूँ|

हरनीप्रिया -

हरनीप्रिया ने अपने बारे मे, अपने मम्मी पापा के बारे में बताना शुरू किया पर हरनीप्रिया की हिन्दी तो एकदम शुद्ध, जो राज के समझ के बाहर थी| माना राज ने हिन्दी सिखी थी पर एक महिने में थोडी ना कोई हिन्दी और वो भी शुद्ध हिन्दी सिख पाता है| राज के पल्ले कुछ नही पढ रहा था| राज ने गुझे आवाज लगाई, गै आया| फिरोज अपना पसीना पोछता हुआ, क्या हुआ? राज ने तामिल में ही फिरोज से कहा की यार तू थोडी देर यहां बैठ और हिन्दी को तामिल में ट्रान्सलेट करने में मेरी मदद कर| फिर मैने राज से कहा,

फिरोज -

बेटा तुने प्यार नही किया, पंगा लिया है| पंगा और तू ही उसे भुगत| मै चला, मेरी बॅटींग है अभी| [और मै वहा से चला गया]

हरनीप्रिया -

मै लखनऊ से हू जो उत्तर प्रदेश में है| मैं एक ब्राम्हन परिवार से हूँ| मेरे पिताजी उत्तर प्रदेश के एक बहोत ही बडे प्रसिद्ध बिल्डर है| हमारे घर में किसी भी बात की कमी नही है| पापा ने मेरे नाम से ही कंपनी का नाम रखा है| हरनीप्रिया कंस्टक्शन प्रायव्हेट लिमिटेड|

मै मम्मी पापा की एकलौती बेटी हूँ| मम्मी पापा मुझसे अपनी जान से भी ज्यादा प्यार करते है और मैं भी उनकी बहोत इज्जत करती हूँ|

राज -

फिर आप ईतनी दूर से यहां पढने आई क्यु?

हरनीप्रिया -

हमारे उत्तरप्रदेश में बहोत से माफिया(डॉन) है| तो पापा को डर था, की कही कोई मेरा अपहरण ना कर ले, बस उसी डर से मुझे यहा पढने के लिये भेज दिया| हिरेन के पापा और मेरे पापा बहोत अच्छे दोस्त है| तो मै उन्ही के भरोसे यहां आई हूँ|

[अब राज को कुछ बाते समझ में आई और कुछ नही| यही हाल हरनीप्रिया का भी था| राज आधा तामिल तो आधा हिन्दी में बात कर रहा था]

हरनी सोचने लगी, प्यार भी हुआ तो ऐसे इन्सान से, वो कहे तो मै ना समझू और मै कहूँ तो बेचारा वो मेरा मुँह ताकता रहे|

राज -

तब तुम हिरेन के घर क्यू नही रहती?

हरनी -

हिरेन के पापा तो बहोत जिद करते है पर मुझे अकेले गर्ल्स हॉस्टेल में रहना पसंद है| ना कोई बंदिशे ना ही कोई दबाव जिंदगी में अनुभव आना जरुरी है| तुम कुछ बताओ राज अपने बारे में?

राज -

इस दुनिया में मेरा, मेरी माँ के अलावा और कोई नही है| हम ही एक दुसरे का सहारा है| जब मै ५ साल का था तब मेरे अप्पा की एक बस ऑक्सिडेंट में मृत्यू हो गई और तब से अम्मा लोगों के घर में बर्तन मांजकर कपडे धोकर हम दोनो का पेट भरती है और आज तक वही सिलसिला जारी है, कोई बदलाव नही|

राज -

सच में हरनी मुझे नही पता था तुम इतने बडे घर की बेटी हो| नही तो मै कभी भी तुम से दोस्ती करने की कोशिश नही करता|

हरनीप्रिया -

वो क्यु?

राज -

दरसल, हमारे जैसे, आप के घर में बहोत से नौकर चाकर होंगे| मेरी अम्मा के जैसी भी तुम्हारे घर में बहोत सी नौकरानीयाँ होंगी|

हरनीप्रिया -

हा तो क्या हुआ?

राज -

[मायुसी से]

ये सब आप के और आपके परिवार के बारे में सुनकर, आप से प्यार करना तो दूर, मै आप से दोस्ती भी नही कर सकता|

हरनीप्रिया -

पर क्यु राज?

राज -

सिर्फ उस दिन मैने आप से बात करने की कोशिश की तो हिरेन ने हमे भिकारी कह दिया और अगर मै आप से प्यार कर बैठुंगा तो वो मुझे जान से ही मार देगा|

हरनीप्रिया -

ओ हो, तो तुम्हे इतना डर है हिरेन का?

राज -

नही मै उससे बिलकुल नही डरता और ना ही मरने से| उस दिन हिरेन ने हमे भिकारी कहा था ना तब लगा की खींच कर एक तमाचा उसके गाल पर मारू| उस थप्पड का परिणाम सोचकर मैं चूप रह गया|

हरनीप्रिया -

क्या कर लेता हिरेन?

राज-

मुझे तो कुछ नही कर पाता पर......

हरनीप्रिया -

पर क्या राज?

राज-

पर उसके पापा एम.एल.ए. है| हमारी पुरी बस्ती ही उजाड देते वो लोग इसी लिये मैने अपने गुस्से को कडवा घुंट बनाकर पी गया उस दिन|

हरनीप्रिया -

सच में राज मै तुमसे बहोत इम्प्रेस हुई| तुम दुसरों के बारे में कितना सोचते हो?

राज -

आप इसे मेरी कमजोरी समझो या मजबूरी पर मै कभी हिरेन से लड नही सकता और जिस दिन भी मै हिरेन से लडा तो समझो उस दिन मै और मेरा पूरा परिवार बरबाद हो जाएगा|

राज -

मुझे लगता है हरनी ये मेरी और तुम्हारी आखरी मुलाकात है|

हरनीप्रिया -

[राज का हाथ अपने हाथ में लेकर]

ऐसा मत कहो राज, मै तुम्हे दिल से पसंद करने लगी हूँ| अब मै तुम्हे मरते दम तक भूल नही पाऊंगी और ना ही इस दिल में कोई ओर बस सकता है|

राज -

[राज अपना हाथ हरनी के हाथों से छुडाता हुआ]

भूला तो मै भी तुम्हे ना पाऊंगा ताउम्र पर हमारी जोडी बे मेल है| कहां मै एक झुग्गियों का भिकारी और कहां तुम महलों की रानी|

हरनीप्रिया -

प्यार में सब बराबर होता है| कोई अमिरी गरीबी नही देखी जाती|

हरनीप्रिया -

यकीन मानो राज, जिस दिन कॉलेज में मैने तुम्हे पहेली बार देखा था, तब से तुम मुझे अच्छे लगने लगे थे, कल तक तो तुम भी मुझे चाहते थे फिर आज अचानक तुम्हे क्या हुआ?

राज -

आज हम दोनों के प्यार के बीच में तुम्हारी अमिरी आ गई हरनी|

हरनीप्रिया -

अमिरी गरीबी ये सब नजरों का फरेब है|

[हरनी के आँखों से आंसू आ गये] [और वो उठ खडी हुई और राज से कहां]

चाहे तुम मुझसे कितना भी मुँह फेर लो पर दिल तुम्हारा भी मेरे लिये तडपेगा| मै भी कोशिश करूंगी तुम्हे भूलाने की एक कोशिश तुम भी जरूर करना

[और हरनी ग्राउंड मे से अपने हॉस्टेल की ओर दौडकर चली गई]

हरनी को दौडकर जाते हुए दूर से फिरोज ने देखा और दौडकर सागर के पास आया और पुछने लगा|

फिरोज -

[सागर से]

हरनी रोते हुए क्यू जा रही थी?

सागर -

यार मै तो तेरे साथ हूँ| मुझे कैसे पता होगा चल राज से पुछते है|

[हम दोनो राज के पास आए]

फिरोज -

क्या हुआ राज? हरनी रो क्यू रही थी? राज ने कोई जवाब नही दिया बस मायुसी से बैठा रहा| कुछ ही देर में हम सब घर लौट गये| दुसरे दिन सभी कॉलेज आए पर राज और हरनी एक दुसरे से नजरे चुराने लगे, एक दुसरे को छिपकर देखते पर नजरे नही मिलाते| वक़्त तेजी से बितता गया|

यहा हिरेन रोज की तरह हम दोस्तों को भिकारी कहता रहा| एक दिन मेरा और सागर का सब्र का बांध टूट गया, मैने और सागर ने ठान ली की आज हरनी से हम नाराजगी की वजय जानकर ही रहेंगे| दोनो हरनी के पास गये| अभी हाय हॅलो हुआ ही था की हिरेन और उसका ग्रुप आ टपका और आकर हरनी से कहने लगा|

हिरेन -

अरे हरनीप्रिया, क्या बात कर रही हो ईन भिकारीयों से

[हिरेन के सभी दोस्त हसने लगे]

इन्हे ज्ञान की जरूरत नही है| इन्हे तो दान की जरूरत है|

[फिर सभी दोस्त हसने लगे]

हरनी वहा से अपनी सायकल लेकर चली गई| हिरेन और उसके दोस्तों ने मुझे और सागर को धक्का देकार साईड किया और अपनी बाईक निकाली और हरनीप्रिया के पीछे पीछे चल पडे| कुछ ही दूरी पर राज खडा था| फिर मै वहा आया अपनी सायकल निकाली और राज को लेकर निकल पडा| रात को यहां राज करवटे बदलता रहा, वहा हरनीप्रिया|

अब कॉलेज के बाद हम सभी दोस्त गर्ल्स हॉस्टेल के सामनेवाले ग्राऊंड पर ही ज्यादा से ज्यादा वक्त बिताने लगे| कभी क्रिकेट खेलकर कभी ग्राऊंड में सायकल चलाकर| पर राज की नजर हर वक़्त हरनीप्रिया के रूम के गॅलरी पर ही रहती थी| पर उसे हरनी नही दिखाई देती पर हरनीप्रिया राज को अपने बाथरूम की खिडकीयों से छुपकर देखती| दोनों एक दुसरे के लिये बेचैन हो चुके थे| अब राज ने सोचा अब चाहे जो हो अब वो हरनी से बात करके ही रहेगा और दुसरे दिन हम सभी दोस्त हरनीप्रिया का वेट कॉलेज के सायकल स्टँड पर करने लगे| हरनी को सायकल पर आते देख राज की धडकन बढने लगी| हरनी ने अपनी सायकल स्टँड में पार्क की और राज को अनदेखा कर के जाने लगी| राज ने पीछे से आवाज लगाई|

राज -

हरनीप्रिया,

[हरनीप्रिया राज की आवाज सुनकर रुक गई| राज हरनीप्रिया के पास गया और कहा]

मै तुमसे कुछ बात करना चाहता हूँ|

हरनीप्रिया -

हाँ, कहो राज|

राज -

[फूट फूट कर रोने लगा]

मैं तुमसे बहोत प्यार करता हूँ| मैं तुम्हारे बगैर नही रह सकता हरनी,

हरनीप्रिया -

[हरनीप्रिया भी भाऊक हो गई और राज से कहने लगी]

मै भी तुमसे बेइन्तेहा मोहब्बत करती हूँ राज| जब दोनों की बाते चल रही थी, कॉलेज में हिरेन अँड ग्रुप की एन्ट्री हो गई पर वो गेट के अंदर घुसते ही हिरेन के पापा का ड्रायवर भी वहा दौडकर आया और हिरेन से कहने लगा|

ड्रायवर -

हिरेन बाबा, बडे साहब को मायनर अॅटॅक आया है और अभी उन्हे हॉस्पिटल ले जाया गया है|

हिरेन -

व्हॉट? अभी तो पापा की तबीयत ठीक है ना?

ड्रायवर -

मुझे कुछ भी नही पता, मेमसाहेब ने मुझे तुम्हे बुलाने के लिये यहां कॉलेज में भेज दिया|

हिरेन -

[हिरेन ने अपनी बाईक को मोडा और दोस्तों से कहा, चलो हम सीधे हॉस्पिटल चलते है| और वो सभी कॉलेज से चले गए]

अब हम सभी क्लास में चले आए| हरनी और राज एक दुसरे को निहाराने लगे उतने में ही कॉलेज के प्रिंसिपल सर क्लास में आए| सभी बच्चे गुड मॉर्निंग सर कहकर बैठ गये|

प्रिंसिपल सर -

गुड मॉर्निंग चिल्ड्रेन|

[तभी प्रिंसिपल सर एक सूचना देने लगे]

अगले हफ्ते हमारे कॉलेज की पिकनिक महाराष्ट्र के नाशिक को जाने का निश्चय किया है|

[सभी बच्चे खुशी से चिल्लाने लगे]

प्रिंसिपल सर -

[मजाकीया अंदाज में, अरे शांत हो जाओ, हमारी पिकनिक आगले हफ्ते जानेवाली है| आज नही]

और एक जरूरी सूचना, यह ट्रीप ट्रेन से आने जाने और वापस घुमकर आने के लिए पुरे एक हफ्ते का प्रोग्राम बनाया गया है| कॉलेज प्रशासन की ओर से जो

भी स्टुडेंट इस पिकनिक पर जाना चाहता है वो तीन दिन के अंदर अपना नाम और पैसा जमा करवा दे और जो पिकनिक पर नही जाना चाहते उनके लिये रोज कॉलेज में दो घंटे की एक्सट्रा क्लासेस होंगी जो अटेंड करना चाहे वो कर सकता है| अन्यथा नही, सभी को मैंने कही बाते समझ में आ गई है|

सभी बच्चे -

[उच्च स्वर में]

यस सर,

[और जैसे ही प्रिन्सिपल सर क्लास से बाहर गये, सभी बच्चे बेंच के उपर चढकर नाचने लगे और मस्ती करने लगे]

पर मै, राज, रेनू, सागर एकदम मायूस थे क्योंकी हमारे पास इतने पैसे नही थे की हम पिकनिक पर जा पाते| शाम को रोज की तरह हम सभी दोस्त ग्राउंड पर गए वहा हरनीप्रिया भी आ गई|

हरनीप्रिया -

हम सभी भी पिकनिक जा रहे है ना? मै तो बहोत खुश हूँ| कितना मजा आएगा| ना हमे कोई रोकनेवाला ना कोई टोकनेवाला| हिरेन के पापा की तबियत खराब है| तो वो भी वहाँ नही होंगे| माई गॉड, बहोत मजा आनेवाला है| जब हरनी ये सब कह रही थी तो हम सभी दोस्त एक दुसरे का मुँह देख रहे थे|

फिरोज -

नही हरनी, हम नही आ पायेंगे, आप जाओ|

हरनीप्रिया -

पर क्यू फिरोज? फिर ऐसा मौका कभी नही मिलेगा, ये हम सभी दोस्तों के लिए एक यादगार पल होगा|

सागर -

[हसते हुए]

　यादगार पल, यहां हमारे घर में खाने के लाले पडे हुए है और हम पिकनिक जायेंगे| हरनी, ये पिकनिक सैरसपाटा ये सब अमीरों के लिए बने है| हम गरीब तो पढ लिख जाए, यही हमारे लिए बहोत है| पिकनिक सभी चलते है| पर सपने में हक़ीकत में तो ये मुमकीन नही है - पिकनिक काय का पिकनिक?

हरनीप्रिया -

बात पैसों की है ना? तो उसके लिये मे हुँ ना|

सागर -

बात पैसों की नही है| बात औकात की है हमारी| हमारी तो साला औकात ही नही है| कही घुमने फिरने की| ये तो अच्छा है| इस ग्राऊंड में खेलने के लिए कोई फीज़ नही है| नही तो हम तुम्हे यहाँ भी नही दिखते, हरनीजी हम वो लोग है जो दीपावली और पोंगल जैसा बडा त्योहार भी हमारी हद में रहकर मनाते है और आप

पिकनिक की बात कर रही हो? इस जन्म में हम चारों के लिए ये साला पिकनिक है ना, एक सपना है सपना|

[और सागर रोने लगा]

और वो एक मेरी सपना है| वो जरूर पिकनिक जाएगी ऊन चुड़ैलौं के साथ|

हरनीप्रिया -

[हरनीप्रिया ने कंधेपर हाथ रखकर कहा]

सपना का सागर भी जाएगा, रेनु का फिरोज भी और हरनी का राज भी पिकनिक जाएगा और हाँ प्लीज अभी और कोई भी कुछ नही बोलेगा, ये फायनल हो चुका है| हम सभी दोस्त पिकनिक जा रहे है और अभी सब अपने अपने घर जाओ और पिकनिक जाने की तैयारी में लग जाओ| कल हम कॉलेज में मिलते है|

[रेनु ने हरनी को गले से लगाया]

रेनु -

थँक यू यार हरनी, हमारे सपनों को सच करने के लिए|

हरनीप्रिया -

कोई थँक यू व्यांकू नही| अब सिर्फ और सिर्फ पिकनिक पर धमाल होगा, पागल हम दोस्त नही फॅमिली है| फॅमिली समझी पगली|

हरनीप्रिया -

और मै अपनी फॅमिली के लिए इतना तो कर ही सकती हूँ यार|

[हम सभी अपने अपने घर चले गए और तैयारी में लग गये| एक हफ्ता यु ही गुजर गया और पिकनिक जाने का दिन आ गया] [हिरेन के पापा की तबीयत ठीक न होने के कारण वो और उसके दोस्त पिकनिक नही आ पाये| जो हमारे लिए बहोत ही अच्छा संकेत था]

ट्रेन का सफर बेहद ही शानदार रहा| ट्रेन में पुरी आजादी थी| ना कोई छोटा ना कोई बडा| टीचर भी बच्चों के साथ मिलकर एनजॉय करने लगे| पुरे सफर में गाना बजाना चलता रहा और बिना कोई कष्ट के सब नाशिक पहोंच गए| सभी ने यहा के देवस्थान, पंचवटी, रागकुंड, लक्ष्मणकुंड, चक्रकुंड, कपालेश्वर मंदिर, बडा हनुमान, सप्तशृंगीमाता, सीता गुंफा, तपोवन, त्र्यंबकेश्वर, अंजनेरी पर्वत, टाकेद और गोटीवाले साईबाबा के भी दर्शन किये| बस, आज ही का दिन बचा था| रात में हमारी वापसी की ट्रेन थी| चंद घंटे ही बचे थे हमारे नाशिक शहर में| सुबह के कोई दस बज रहे होंगे, हमारे प्रिन्सिपल सर ने कहा, बच्चों हमारे वापसी में बस अब कुछ वक्त ही बचा है|

जिसे जो भी खरीदना या कोई जगह वापस देखनी हो, तो वो जा सकते है| पर हा, अकेले नही किसी को साथ लेकर जाना, भाषा की दिक्कत आ सकती है और हम सभी दोपहर के खाने पर मिलते है| दोपहर के खाने के बाद किसी को बाहर जाने की इजाजत नही होगी|

जहां जाना है, अभी जाकर आ जाओ| प्रिंन्सिपल के कहने के बाद सभी स्टुडेंट घुमने के लिए निकल गए| हरनीप्रिया कुछ लडकियों के साथ चली गई और हम तीनों दोस्त भी एक ओर घुमने चले गए| तकरीबन एक घंटे बाद हरनीप्रिया ने रेनु से कहा,

हरनीप्रिया -
यार रेनु मै कुछ वक्त राज के साथ अकेले में बिताना चाहती हुँ|

रेनु -
हाँ मै भी फिरोज के साथ|
[फिर हरनीप्रिया और रेनु गोटीवाले साईबाबा मंदिर के पास आए]
और देखा की राज अपने दोस्तों के साथ वही गोटीवाले साई मंदिर के पास उन्ही का इंतजार कर रहा है|

फिरोज -
अरे हरनी, रेनु इतनी जल्दी?

रेनु -
वो सब छोडो, ये राज के हाथ को क्या हो गया है?

हरनीप्रिया -
हा राज, हाथपर पट्टी क्यो बांधी है? चोट लग गई है क्या राज? ये कैसे हुआ?

फिरोज -

अरे रुको रुको मॅडम जी एक साथ इतने सवाल? मै बताता हूँ राज ने पट्टी क्यू बांधी है| फिर फिरोज ने पुरी राम कहानी बताई की तुम्हारे जाने के बाद क्या क्या हुँआ?

हरनीप्रिया -

हरनीप्रिया ने राज के हाथ को कई बार चुमा| जहां पट्टी बांधी हुई थी और राज को अपने गले से लगां लिया|

रेनु -

रेनु ने फिरोज का हाथ पकडा और उसे दुसरी ओर ले जाने लगी|

फिरोज -

अरे रुको रेनु| राज हरनी और सागर को तो साथ ले लो|

रेनु -

वो अपना अपना देख लेंगे| तुम चलो मेरे साथ| हम दोनों चले गए|

हरनीप्रिया -

[मुस्कुराकर सागर से]

अगर तुम बुरा ना मनो तो प्लीज हम दोनों को कुछ वक्त के लिए अकेला छोड दो, प्लीज प्लीज|

सागर -

नो प्रॉब्लेम, और बडबडाता हुआ| साला अपनी कोई इज्जत ही नही है| अब मै अकेला करू तो भी करू क्या? सपना के पास जाऊँ? नको बाबा वो दो चुडैल भी उसके साथ ही होंगी| मै अकेला ही ठीक हुँ|

हरनीप्रिया -

मैं जब से आई हूँ, मेरा पूरा ध्यान तुम्हारी हाथों पर ही है| बहोत दर्द हो रहा होगा ना राज? प्लीज मुझे अपनी पट्टी खोलकर दिखाओ ना राज| राज ने पट्टी खोलना शुरू कर दिया| सभी वापस नाशिक से तामिलनाडू पहोंच गए| कॉलेज की रुटीन शुरू हो गई| हमारे दोस्त और हरनी ने इस बात का पुरा ध्यान रखा की वो कभी भी हिरेन के सामने नही मिलेंगे और ना ही बात करेंगे| अगर हिरेन को कभी हरनी की प्रेम कहानी पता चल जाए तो हिरेन हरनी के पापा को बता सकते थे और सच बात तो ये थी की हिरेन भी हरनीप्रिया को चाहने लगा था| अब हरनी और राज कॉलेज में कम और बाहर ज्यादा मिलने लगे थे|

हरनी और राज कभी बस में तो कभी सायकलपर घुमने लगे और कभी कभी तो वो पैदल ही कही दूर घुमने निकल जाते दोनो बहोत खुश रहते और अपने भविष्य के सपने देखते रहते| दिन शांती से गुजर रहे थे| पर ये किसे पता था की जल्द ही इन प्रेमी जोडे पर दुख के बदल मंडरानेवाले है| एक दिन रविवार की सुबह, राज हरनी कांचीपुरम के प्रसिद्ध मंदिर कामाक्षी

माता के दर्शन के लिये गए और साथ में रेनु सागर और मै खुद भी था|

उन्होंने उस दिन को यादगार बना दिया और खूब घुमे फिरे और शाम को आपनी सायकल से लौट रहे थे| राज के सायकल के आगे हरनी और फिरोज के सायकल के आगे रेनु और पिछे सागर बैठकर घर लौट रहे थे| थोडा अंधकार छाया हुआ था| रास्ते की स्ट्रीट लाईट जल चुकी थी| मौसम बहोत ही सुहाना था, मंद मंद हवा भी बह रही थी| जब हम सभी घर की ओर लौट राहे थे, तब हिरेन अपने दोस्तों के साथ विपरीत दिशा में अपने बाईकपर जा रहा था| हिरेन के पीछे जो उसका दोस्त बैठा था, उसकी नजर हम पांचो दोस्तो पर पडी और उसने.....

हिरेन का दोस्त -
अरे हिरेन, बाईक को मोडो|

हिरेन -
पर क्यू? क्या हुआ?

हिरेन का दोस्त -
अरे यार मैने अभी अभी हरनी को राज के सायकल पर आगे बैठकर जाते हुए देखा|

हिरेन -

क्या बकता है? इतनी शाम गए हरनी और हॉस्टेल से बाहर ना ना ना ना, ये मुमकीन ही नही है|

हिरेन का दोस्त -

ऊन भिकारीयों ने हमे नही देखा, इतने अंधेरे में पहचानना मुश्कील तो है| यार पक्का तो मुझे भी नही मालूम पर हम उनका पीछा कर के देख तो सकते है| क्या वो वही है या नही?

हिरेन -

बात तो तू सही कर रहा है|

[हिरेन ने अपने बाईक को मोडा और हिरेन के दुसरे दोस्त भी अब उस दो सायकल का पीछा करते करते थोडे करीब पहोंच गए और हिरेन ने अपने दोस्तों को रुकने का इशारा किया और अपने पीछे बैठे दोस्त से]

तू सही कर रहा था पर इन भिकारियों की गँग में हरनी कैसे? हिरेन ने जब देखा की हरनी राज की सायकल पर आगे बैठकर, ठहाके लगाती हुई जा रही है तो हिरेन का माथा ठनका और हिरेन ने अपने दोस्तों से कहा,

हिरेन -

हमने हरनी और उसके भिकारी दोस्तों को देख लिया है| इस बात की खबर उन्हे बिलकुल भी नही होनी चाहिये|

[अगली सुबह हरनी अपनी सायकल सायकल स्टँड पर लगा रही थी तभी हम भी अपनी सायकल लेकर सायकल स्टँड पर गए और वही राज हरनी से बात करने लगा| उनका बिलकुल भी ध्यान नही था की हिरेन और उसके दोस्त तेज गती से उन्ही के पास आ रहे है]

हिरेन -

नजदीक आकर हरनी से कहने लगा गुड मॉर्निंग हरनीप्रिया,

हरनीप्रिया -

गुड मॉर्निंग हिरेन| आप कैसे हो?

हिरेन -

मै तो बिलकुल ठीक हुँ पर तुम इन भिकारीयों की गँग के साथ क्या बात कर रही हो?

हरनीप्रिया -

ऐसे इन्हे भिकारी मत कहो हिरेन| ये सभी अपने क्लासमेट्स है|

हिरेन -

[अपने गॉगल को साफ करते हुए मजाकीया अंदाज में] यही तो दुख है| हमे इन भिकारीयों के साथ पढना पड रहा है| हरनी डियर

[और हिरेन ने हरनी का हाथ पकडा और अपने साथ क्लास में ले जाने लगा| उतने में ही राज ने हिरेन का हाथ पकडकर रोकना चाहा| जैसे ही राज ने हिरेन का हाथ पकडा वैसे ही हिरेन ने हरनी का हाथ छोड दिया| राज ने भी हिरेन का हाथ छोड दिया| राज के हाथ छोडते ही हिरेन ने अपनी जेब में हाथ डाला और रुमाल निकाला और जहां राज ने हाथ पकडा था उस हाथ को रुमाल से साफ करने लगा और कहां]

हिरेन -

साला अभी घर जाकर फिर से नहाना पडेगा, फिर कॉलेज आना पडेगा|

हरनीप्रिया -

अभी तो तुम घर से फ्रेश होकर ही आ रहे हो ना?

हिरेन -

सही कहां हरनी तुमने| मै फ्रेश होकर ही आया था| पर ऐसे गलीज भिकारी का हाथ जो मुझपर पड गया तो नहाना तो पडेगा ही| वैसे भी ऐसे लोगों का हाथ लगने से हम लोगों को नहा लेना चाहिये नही तो ना जाने कौन सी बिमारी लग जाए|

[हिरेन के इतना कहते ही सभी दोस्त हसने लगे| हिरेन ने फिर से हरनी का हाथ पकडा और अपने साथ ले जाने लगा| अब हिरेन कुछ आठ दस कदम ही चला होगा, हरनी पीछे मुडकर राज को देखने लगी|

उतने में ही राज धीमी गती से दौडा और फिर से हिरेन का हाथ पकडकर रोका| हिरेन को बहोत गुस्सा आ गया और उसने हरनी का हाथ छोडकर तुरंत अगले ही पल, राज के शर्ट का कॉलर पकड लिया|

हिरेन -
[और बिना सोचे समझे, राज को बिना रुके गालो पर तमाचों की बौछार करने लगा]

राज -
तुम बहोत गलत कर रहे हो हिरेन|

हिरेन -
अब तुझ जैसे भिकारी मुझे समझायेगा की क्या गलत है और क्या सही?

हरनी -
[हिरेन को रोखती हुई]
आखिर इसकी क्या गलती है?

हिरेन -
गलती और इनकी नही नही, गलती तो मेरी है|
[और एक तमाचा राज के गाल पर मारते हुए और राज के पेट पर लाथ मारते हुए]
जो इन जैसे भिकारीयों को मै इतने दिनों से बर्दाश्त कर रहा हूँ|

[फिर एक तमाचा और राज को मारते हुए]

हिरेन -

गलती एक हो तो बताऊँ| हरनी जहां रहती है गर्ल्स हॉस्टेल में ऊसी हॉस्टेल के सामनेवाले ग्राऊंड पर तुम सारे भिकारी जान बुझकर, रोज वहा क्रिकेट खेलने जाते हो, तुम्हारी इतनी जुरंत?

[फिर हिरेन, राज और उसके दोस्तों को मारने लगा]

की तुम अपने, उस गंदी सी झोपडपट्टी में हरनी को घुमाते हो|

[हरनी भी शॉक्ड हो गई कि हिरेन को ये सब कैसे पता चला और हम सभी भी शॉक्ड हो गए और साथ ही साथ हम डर भी गये] [हिरेन के दोस्त भी अब हमपर हाथ उठाने लगे]

तू क्या समझता है? तू हरनी को सायकल के आगे बिठाकर पुरा शहर घुमायेगा और हमे इसकी भनक तक नही लगेगी सालों|

हिरेन -

[राज की कॉलर पकडे हुए| हरनी की ओर देखकर]

मुझे तुमसे ये उम्मीद नही थी की तुम इन गरीब भिकारीयों के चक्कर मे आजाओगी| शेम ऑन यु हरनी, शेम ऑन्ज यु|

[हरनी ने अपना चेहरा नीचे की ओर कर लिया और उसकी आखों से आंसू टप टप टपकने लगे| उसने सोचा भी नही था भरे कॉलेज में उसे और हमारे ग्रुप को

शर्मिन्दगी झेलनी पडेगी| पुरा कॉलेज इन्हे घेर कर खडा रहा पर किसी में भी हिम्मत नही थी की वो हिरेन को रोक पाये]

राज -

[राज गुस्से से तिलमिला उठा| जब हिरेन ने हरनी की बेइज्जती की और अपना कॉलर छुडाते हुए]

राज -

जो कहना है मुझे कहो हिरेन| हरनी को कुछ कहा तो मुझसे बुरा कोई नही होगा| अब हरनी और डर गयी की राज ने ये क्या कह दिया और वो मन ही मन

[हे भगवान न जाने अब क्या होगा?]

राज के मुँह से ये लफ्ज सुनकर हिरेन तिलमिला उठा| उसका गुस्सा सातवे आसमान पर चला गया| उसने आव देखा ना ताव, वो राज को जमीनपर गिराकर जानवरों की तरह पिटने लगा| हम सभी दोस्त राज को बचाना चाहते थे पर हिरेन के दोस्तों ने हमे जकडे रखा|

हरनी राज के बचाव के लिये बीच में आई तो हिरेन ने हरनी पर भी हाथ छोड दिया| माहोल बहोत भयानक हो चुका था|

[राज की सहायता के लिये कोई भी आगे नही आया| वैसे भी हिरेन का पुरे कॉलेज पर दबदबा था| हिरेन फिर से हरनी को भला बुरा कहने लगा]

राज -

मै अब भी कहता हूँ, जो कहना है| मुझे कहो मेरी हरनी को कुछ मत कहना, अंजाम अच्छा नही होगा|

हिरेन -

[राज को मारते हुए]

क्या कहा भिकारी? तेरी हरनी हाँ? तेरी इतनी हिम्मत?

[फिर से हिरेन ने बेताहाशा राज को मारना शुरू कर दिया और अगले ही पल हिरेन ने डरने का नाटक किया]

बाप रे, मैं तो थर थर कापने लगा राज की लास्ट वोर्निंग सुनकर|

[हिरेन की ऑक्टिंग देखकर हिरेन के सभी दोस्त हसने लगे]

हिरेन -

[गुस्से से]

अगर मैंने हरनी को हाथ लगाया तो क्या तुम मुझे मारोगे? चलो आज हो जाने दो|

[और हिरेन हरनी को धक्का देने लगा]

राज -

[जोर से चिल्लाया]

तुम बहोत गलत कर रहे हो हिरेन? मै तुम्हे प्यार से समझा राहा हूँ हरनी को हाथ मत लगाना|

हिरेन -

अच्छा बच्चू, हिरेन भाई को चॅलेंज| अब देख मै क्या करता हुँ हरनी के साथ?

[मै और हमारे सभी दोस्तों को लाचारी सी मेहसूस होने लगी| हम रोने के अलावा और कर भी क्या सकते थे?]

हिरेन -

[हिरेन ने हरनी के बाल पकडे और उसे घसीटने लगा और हिरेन के दोस्तों ने राज को पकड लिया]

राज -

[चिल्लाया]

कमीने, छोड दे हरनी को|

हिरेन -

अरे तुने अभी तक मेरा कामीनापन देखा कहा है?

[हिरेन अब बधहवस होकार हरनी को मारने पिटने लगा]

राज -

[जोर जोर से चिखते चिल्लाने लगा और पुरी ताकत लगाकर अपने आप को हिरेन के दोस्तों से छुडवाने की कोशिश करने लगा, पर राज बेबस था]

हिरेन -

अगले ही पल हिरेन ने शैतानियत की हद पार कर दी, पुरे कॉलेजवालों के सामने हरनी के गाल पर एक जोरदार थप्पड जड दिया| हरनी घुमकर जमीनपर जा गिरी| अब राज के सब्र का बांध टूट गया और उसने अपने आप को हिरेन के दोस्तों से छुडवालिया और वो सीधे हिरेन की ओर दौडा और हिरेन को एक जोरदार धक्का देकर पीछे की ओर धकेल दिया| हिरेन उलटे कदमों से ४/५ लडखडाते कदमों से पीछे की ओर गया और धडाम से जमीन पर उलटे सर के बल गिरा| यहा राज हरनी की ओर दौडा और हरनी को उठाकर अपनी गोद में सुलाया| हरनी बेहोशी की हालत में थी| राज हरनी के गालों को थप थपाकर जगाने की कोशिश करता रहा|

जब हरनी ने आँख खोली तो राज ने उसे गले से लगा लिया पर वहा हिरेन की किस्मत इतनी खराब थी की जब वो नीचे गिरा तो उसका सर जाकर एक नोकिले पत्थर से टकराया और हिरेन के सर से लव की धारा बहने लगी| हिरेन मछली की तरह छटपटाने लगा| राज ने जब ये देखा तो वो घबरा गया और हरनी को छोड वो हिरेन की ओर दौडा और हिरेन को उठाकर उसका लव लुहान हुआ सर अपने गोद में रख लिया और हिरेन से कहने लगा|

राज -

मुझे माफ कर दो हिरेन, मैने ये सब जानबुझकर नही किया है मेरे भाई| कुछ ही देर में पोलीस भी वहा आ

पहोंची| राज और हरनी ने पोलीस को बहोत समझाया
की ये एक हादसा था, जानबुझकर कुछ नही किया
गया, चाहे तो आप हमारे दोस्तों को पुछ सकते हो| पर
हिरेन के पिताजी एम.एल.ए. थे, तो बेचारे राज को कौन
बचाता? राज को कॉलेज से पोलिस थाने ले गई और
फिर वहा से जेल|

FLASH BACK RETURNS

अब ना कॉलेज में राज रहा ना हिरेन| माहोल पुरा
भाऊक हो चुका था| फिरोज ने रेनु से पानी मंगवाया|
पानी पिने के बाद अपनी नम आँखों को पोछता हुआ
वैशाली और प्रीती से कहा|

फिरोज -

अरे, तुम क्यो रो रही हो बेटा?

[दोनो ने अपनी आंखे पोछी, कुछ कहा नही, बस
सर हिलाया]

दोस्तों मे अब मै, रेनु और सागर ही बचे|

वैशाली -

और हरनीप्रिया?

फिरोज -

उसका होना ना होना एक जैसा ही था| मानो उस दिन
के बाद हमारी हरनीप्रिया गुंगी सी हो गई| हर सवालों
का जवाब सर हिलाकर ही देती| हर वक्त हमारे साथ

ही होती पर खोई खोई सी रहेती बातें तो ना के बराबर ही करती|

FLASH BACK

वक्त बितता गया| हरनी की आंखे रोज राज के आने के इंतजार में पथरा गई| हम सभी ने मिलकर हरनी को बहोत हसाने का प्रयास किया पर सभी व्यर्थ साबित हुआ|

फिरोज -

ना राज आया और नाही हरनी की मुस्कुराहट| वक़्त मानो घोडे पर सवार होकर दौडने लगा| वक़्त बीत गया| हमारे कॉलेज की पढाई खत्म हो गई| सभी अपने अपने कामों में व्यस्त हो गये| हरनी अपने शहर लखनऊ, अपने घर लौट गई| ना जाने ये राज और हरनी है किस दुनिया में?

[FLASH BACK RETURNS]

ना कोई चिट्ठी ना कोई खबर| हमे तो ये भी नही पता की हम इस जन्म में मिल पायेंगे भी या नही? अल्ला बेहतर जानता है| किस दुनिया में है ये दोनों?

वैशाली -

तो क्या राज जेल से अभी तक नही छुटा?

फिरोज -

कोर्ट ने राज को हत्या का दोषी तो नही माना| राज को उम्र कैद की सजा ना होकर उसे सात साल की सजा सुनाई गई| जब राज सात साल बाद जेल से छुटकर आया......

FLASH BACK

तो उसने देखा की उस के घरपर ताला लगा हुआ है| वो समझ गया माँ लोगों के घर में काम करने गई होगी| वो दिन भी आज ही की तरह जुम्मे का था| (शुक्रवार का) मै जुम्मे की नमाज पढ़कर घर आ रहा था तब मैने देखा राज अपने घर के बाहर ही बैठा हुआ था| मै राज के नजदीक गया और मैने अपने राज को गले से लगा लिया| हग एक दुसरे को लिपटकर बहोत रोए| फिर मै राज को अपने घर ले गया और जब राज ने रेनु को घर में देखा और मैने राज को बताया की मैने और रेनु ने शादी कर ली है|

तो मानो राज ख़ुशी से पागल हो गया और रेनु के माथे को चुमने लगा और मेरी ओर देखकर कहने लगा| 'मेरी बची हुई उम्र भी तुम दोनों को लग जाये मेरे भाई'| वैसे भी इस जीवन में मेरे लिये कुछ भी बचा नही है|

फिरोज -

ऐसे मत बोल ना मेरे यार| अभी तेरा भाई जिंदा है|
    [और मैने राज को गले से लगाकर कहा]

सब्र कर सब ठीक हो जाएगा मेरे यार अल्लाह बडा बादशाह है|

राज -

[राज ने हाथ जोडा और भगवान से प्रार्थना करने लगा]

राज -

भगवान, मेरे भाई के परिवार को किसी की नजर ना लगे|

फिरोज -

राज तेरे लिये एक और सरप्राईज है|

राज -

वो क्या मेरे भाई?

फिरोज -

फिरोज ने अपने नन्हे से बेटे को बेडरूम से उठाकर लाया और राज की गोद में दे दिया
[और कहां]
ये है मेरे और रेनु के प्यार की निशानी|

राज -

[राज ने भाऊक होकर बच्चे को अपने सीने से लगा लिया और उसे चुमने लगा| रेनु और मुझसे कहा] मै आज इतना खुश हूँ की मैं बया नही कर सकता|

राज -

इतना कहकर राज रोने लगा| साथ में रेनु और मै भी बहोत रोये|

फिरोज -

[मैने अपनी आँखे पोछी और राज से कहां]

फिक्र मत कर मेरे भाई, सब ठीक हो जाएगा| उतने में ही राज की अम्मा मेरे घर पर आ गई और दरवाजा खटखटाया| रेनु ने दरवाजे पर जाकर देखा की अम्मा आई है|

राज की माँ -

बेटी मैने सुना है राज जेल से छुटकर आ चुका है| क्या ये सच है?

रेनु -

आप ने सच ही सुना है| अम्मा अपना राज वापस आ चुका है| आप अंदर आ जाईये अम्मा| राज की माँ ने राज को गले से लगाया और दोनो बहोत देर तक रोते रहे| मैने और रेनु ने माँ बेटे को समझा बुझाकर शांत किया| चाय पानी होने के बाद दोनो माँ बेटे अपने घर चले गये|

राज -

[राज ने घर आकर अचानक माँ से सवाल किया]

क्या कभी मेरे जेल जाने के बाद हरनीप्रिया घर आयी थी क्या माँ?

अम्मा -

हा बेटा, वो आती थी| कभी कभी तो वो हफ्ते में तीन-चार बार भी आ जाया करती थी| मुझे घर का राशन, पैसे भी दिया करती थी| मुझे उसने पोंगल और दीपावली पर कपडे भी लेकर दिये थे और जब उसका कॉलेज खत्म हुआ, मुझे अच्छे से याद है एक रात वो बहोत घाई घाई में मुझसे मिलने आई थी| मुझे कुछ रुपये और अपने घर का पता देकर गई थी और हा मुझसे यह भी कहा था| जब भी राज आये, तो उसे ये पता दे देना|

राज -

वो पता कहा रखा है माँ आपने?

अम्मा -

[अम्मा ने एक मिट्टी के तेल की बत्ती की ओर इशारा कर के कहा]

इसी के नीचे रखा था| बहोत साल हो गये, शायद घर की साफसफाई के वक़्त कही गुम हो गई होगी|

राज -

[राज ने अपना सर पकडा और घर की दीवार के सहारे बैठ गया और अगले ही पल वो एक झोला लेकर

हरनीप्रिया की खोज में निकल पडा जो आज तक नही लौटा और ना कभी कोई उसकी खबर आई]

इतनी कहानी सुनने के बाद वैशाली और प्रिती राज की अम्मा से मिलना चाहते थे| अब शाम हो चुकी थी| राज की अम्मा काम पर से लौट आई थी| ये सभी लोग राज की अम्मा को मिलने राज के घर आए और मैने वैशाली प्रिती और रेनु ने दूर से ही राज की अम्मा को देखा अम्मा ने जैसे ही फिरोज को देखा तो पुछा|

अम्मा -

अरे फिरोज बेटा, आपके मेहमान आए है क्या?

फिरोज -

जी अम्मा, बस रास्ते तक छोडने ही जा रहे है|
[बेचारी को कहा पता था की वो दोनो लडकीयाँ उसी के बेटे की खोज में आए है]

FLASH BACK RETURN

वैशाली -

पत्रकारों से अब मै और प्रीती वापस नाशिक लौट चुके थे| अब हमारे पास फिरोज अंकल, रेनु आंटी का फोन नंबर भी था और हमारा नंबर उनके पास| मैने फिरोज अंकल से कहा था अगर भविष्य में राज घर आए या तुम मिले तो प्लीज मुझे फोन कर के जरूर बता देना ताकी हम राज से मिल सके और उसकी अमानत उसे

लौटा सके| हम घर तो लौट आए थे पर मन में एक बेचैनी थी क्यों की राज की प्रेम कहानी अभी अधुरी थी|

पत्रकार -

फिर राज और हरनीप्रिया मिले या नही?

वैशाली -

एक मुस्कान के साथ| आप को क्या लगता है? मिले होंगे की नही ये दोनो प्रेमी जोडे?

पत्रकार -

ज्यादातर तो हर एक प्रेम कहानी में सुखद ही अंत होता है| उस हिसाब से तो दोनों को जरूर मिलना चाहिये|

एक महिला पत्रकार -

फिर वो दोनो मिले? अब वो दोनो कहां है?

वैशाली -

[वैशाली ने कहानी को आगे बढाया]

रात के वक्त जब मै अपने कमरे में सोने गई तो मैने उस डायरी को पुरा पढने की कोशिश की| मैने पढना शुरू किया बस चार पांच पन्ने ही पढे होंगे, आगे के पन्ने बिलकुल खाली थे एकदम कोरा कागज मानो इतना लिखने के बाद उस शख्स की डायरी चोरी कर ली गई हो? गुम हो गई हो|

[भाग ३]

FLASH BACK

[वैशाली, प्रीती तामिलनाडू से लौटने के एक हफ्ते बाद वैशाली ने फिरोज को फोन किया और जितनी जल्दी हो सके नाशिक पहोचने को कहां फोनपर नाशिक आने की बात सुनकर]

फिरोज -

बेटी वैशु, आखिर ऐसी कौनसी बात है जिसके लिये तुम हमे इतने अर्जेंट नाशिक बुला रही हो?

वैशाली -

आप लोग आओ तो सही, शायद आप लोगों के लिये एक बडी खबर हो|

फिरोज -

बडी खबर याने?
    [फिरोज चौककर]
    कही तुमने राज का पता तो नही लगा लिया?

वैशाली -

कुछ ऐसा ही समझो|

फिरोज -

ठीक है|

तो क्या हम राज की अम्मा को भी साथ ले आएं?

वैशाली -

जी नही।
  सिर्फ आप और रेनु आंटी आ जाईएगा।

फिरोज -

हम अभी के अभी नाशिक के लिये रवाना होते है।

वैशाली -

जी ठीक है। मै तुम्हे स्टेशनपर पिक करने आजाऊंगी।
आप दोनों फिक्र मत करना।
  [दुसरे दिन को वो नाशिक पहोंच गए। मैने उन्हे
अपने घर में ही ठहराया, सभी से परिचय करवाया। सभी
ने फ्रेश होकर रात का खाना खाया। खाना खाने के बाद
फिरोज ने मुझसे प्रश्न किया]

फिरोज -

अभी तो बता दो बेटी, हमे इतनी दूर से क्यो इतने
अर्जेंट बुलाया है।

वैशाली -

आप सफर से थके हारे आए हो, आप अभी आराम कर
लो। कल सुबह इस विषय पर बात करते है।
  सभी सोने के लिये चले गये। सवेरा होने पर सभी
एक बार फिर से फ्रेश होकर रेडी हो चुके थे।

फिरोज -

बेटी अभी तो बता दो कम से कम हमे इतने अर्जंट में क्यू बुलाया नाशिक?

वैशाली -

चलो मेरे साथ में तुम्हे कुछ दिखाना चाहती हूँ|

फिरोज -

पर कहा?

वैशाली -

पेहेले आप चलो तो सही, अंकल जी मेरे साथ|

[सभी कार में बैठकर एक जगह पहोंचे]

फिरोज -

[शॉकड होकर]

ये क्या वैशू, ये तो मुर्दाघर है और मुर्दाघर में हमारा क्या काम?

वैशाली -

पहेले आप अंदर चलो तो सही|

सभी उस मुर्दाघर के अंदर पहोंचे|

वहा का डरावना माहोल देख मन में थोडी सी घबराहट थी,

चपरासी -

[अचानक से एक आवाज आई]

कौन हो भाई? क्या चाहिये तुम्हे?

वैशाली -

[वैशाली ने अपनी पेहचान और मम्मी का नाम बताया| तब चपरासी ने एक रजिस्टर खोला और उसमे कुछ छानबीन करता नजर आया पर फिरोज और रेनु बहोत परेशान हो गये की आखिर हमे इतनी दूर से ये मुर्दाघर दिखाने के लिये बुलाया गया है क्या?]

फिरोज -

[वैशु पर गुस्सा करते हुए]

क्यो बेकार में हमारा और अपना वक़्त जाया कर रही हो तुम? हमें तुम्हारा ये रवैया बिलकुल भी पसंद नही आया वैशु| मुझे लगता है हमे यहां से चले जाना चाहिये|

वैशाली -

प्लीज, ऐसा मत कहो, बस कुछ ही पल की बात है|

[चपरासी अपनी कुर्सी से उठा और मुर्दों को जिस ड्रॉवर में रखते है उसे बारी बारी से खोलकर देखने लगा और दो चार मुर्दे देखने के बाद उस चपरासी ने कहा]

चपरासी -

जी मॅडम, जी यही बॉडी आप की मम्मी जी ने यहा रखवायी थी| ये वही भिकारी की लाश है| जो हमने गंगा घाट से लाये थे|

फिरोज -

क्या तुमने हमे इस भिकारी की लाश देखने के लिये यहां बुलाया है?

वैशाली -

प्लीज अंकल आंटी एक बार सिर्फ एक बार आप इस भिकारी की लाश देख लिजिये ना, हो सकता है ये आप के पहेचान का हो?

फिरोज -

अब ये क्या वैशू? इस भिकारी की लाश हमे क्यु दिखाना चाहती हो? और हम इसे क्यु पहचाने? हमारा इस से क्या वासता? चपरासी से भैया ये बंद करो, वैशू पहेले यहा से बाहर चलो|

[फिरोज ने रेनु का हाथ पकडकर उसे मुर्दाघर से बाहर लाया और बडबडाने लगा, कमाल है । यार इतनी दूर से वैशू ने हमे इस भिकारी की लाश दिखाने के लिये बुलाया है| उतने में मै भी बाहार आ गई]

ये गलत बात है वैशू| मै अपने सारे कामधंदे छोडकर सिर्फ और सिर्फ तुम्हारे बुलाने पर यहां आ गया, वहां

बेचारा मेरा बेटा घर पर अकेला है| ये ठीक बात नही है वैशू| ऐसा मजाक मुझे बिलकुल पसंद नही है|

वैशाली -

[वैशाली ने रेनु का हाथ पकडा और बडी प्यार से कहने लगी]

मैने आप लोगो के साथ मजाक नही किया| मुझे ऐसा लगा की शायद ये लाश जो है वो राज की होगी|

फिरोज -

[गुस्से से]

पागल लडकी, तू जानती भी है तू क्या कह रही है? कमाल है, कहा मेरा राज और कहा ये भिकारी तुम मेरे राज की तुलना एक भिकारी से करोगी, मुझे तुमसे ये उम्मीद नही थी| शेम ऑन यु वैशु शेम ऑन यु

[इतना कहते ही फिरोज ने रेनु से कहा]

रेनु हम आज के आज बल्की अभी अपने घर के लिये रवाना हो जायेंगे|

[और रोते हुए रेनु से]

देख ना रेनु मेरे राज की तुलना इस लडकी ने एक भिकारी से कर दी|

[रेनु भी रो पडी] [रेनु और फिरोज पैदल ही चल पडे]

मैने पीछे से आवाज लगाई, रुको| प्लीज रुको, मेरी बात तो सुनो, मै आप लोगों का दिल नही दुखाना चाहती थी| दोनो रुक गये| मै दौडती हुई उनके पास आई और हापने लगी| वैशू अपनी कमर पकडकर खडी रही|

फिरोज -

क्यु रोका हमे वैशू? जो कहना है जल्दी कहो| हमे देर हो रही है| हमे जाने की तैयारीयाँ करनी है|

वैशाली -

मेरी समझ में नही आ रहा है| की मै आप दोनों को कैसे समझाऊँ?

फिरोज -

अब सब बातें क्लियर हो चुकी है| हमे समझने की कोई जरुरत नही है और ना ही हमे समझाने की, समझी?

वैशाली -

मुझे अभी भी यकीन है| मेरा दिल कह रहा है की वो लाश राज की है?

फिरोज -

गुस्से से ये कुछ ज्यादा हो रहा है वैशु| आप ने अपने घर में हमे शरन दी इसका मतलब ये नही की आप हमारी दोस्त की तुलना किसी भिकारी से कर दे| ये हम बिलकुल बर्दाश्त नही करेंगे, आप हमारे दोस्त को भिकारी समझे और हम शांती से देखते रहे|

[फिरोज रेनु की ओर देखकर]

हमारी ही गलती है| जो हमने इसे राज और हरनी की प्रेमकथा सुनाई और इसे भी ये पता है|

इसीलिये हमारे गरीब राज की तुलना इस अमीरजादी ने एक भिकारी से कर दी| हमे तो अब शर्म आ रही है की हम इतनी दूर से तुम्हारे बुलाने पर चले आए| प्यार में आमिरी गरिबी कुछ मायने नही रखती है वैशाली मॅडम| बस इंसान के अच्छे संस्कार होने चाहिये| जो आप में तिलमात्र भी नही है और हमे इस बात का जिंदगीभर अफसोस रहेगा की हमने तुम जैसे संस्कारहीन लडकी को हमारे भाई जैसे दोस्त की प्रेम कहानी सुनाई|

[फिरोज ने वैशाली के आगे हाथ जोडा और कहा]

प्लीज हमे माफ कर दो, इससे आगे हम एक शब्द भी नही सुनेंगे हमारे राज के बारे में|

[फिरोज और रेनु पीछे मुडे और चलने लगे| बस अभी हम आठ दस कदम ही चले होंगे| वैशाली दौडकर उनके आगे आकर खडी हो गई| फिरोज अपने माथेपर हाथ लगाकर रेनु से कहने लगा|

फिरोज -

[फिरोज बहोत गुस्से में था]

मै इस लडकी का क्या करू? रेनु अब तुम ही इसे समझाओ| मै इस लडकी से बात तक नही करना चाहता|

रेनु -

[वैशाली से]

बेटी आखिर तुम्हारी प्रॉब्लेम क्या है?

वैशाली -

[बिना कुछ कहे अपनी कार की ओर गई और वो डायरी लाकर रेनु के हाथ में दे दी और कुछ पन्ने पलटकर रेनु से मैने कहां]

क्या ये राज की लिखावट है?

रेनु -

मुझे तो कुछ भी आयडिया नही है|

फिरोज -

ये तो हिंदी मे लिखा हुआ है| रेनु तामिल या इंग्लिश में होता तो शायद बता सकते थे| अब इन बातों से कोई फायदा नही है| रेनु तुम इस लडकी से पुछो की तुम कार में अपने घर ले चलोगी या हम पैदल ही चले जाए?

वैशाली -

नही नही हम कार में ही जायेंगे|

[वैशाली ने कार स्टार्ट की अब कार चलने लगी]

रेनु, आँटी आप यकीन मानो ये डायरी राज की ही है|

[रेनु और फिरोज दोनो वैशाली की बात सुनना नही चाहते थे| कार घर के गेट के पास जाकर रुकी, सभी कार से नीचे उतरे|

वैशाली -

[बिना कुछ कहे, वही खडी रही]

फिरोज -

रेनु पुछो इस लडकी से, क्या हम घर के अंदर जा सकते है?

या ये सामान यही लाकर देनेवाली है?

वैशाली -

नही अंकल, ये आप ने कैसे सोच लिया की मै आप लोगों को बाहर से ही भेज दुंगी

[रेनु की ओर देखकर]

मुझे इतना भी गलत ना समझीयेगा आंटी जी, क्या मै इतनी बुरी हूँ आंटी?

रेनु -

चलो बेटा, जो हुआ उसे भूल जाओ| सब बातों को पीछे छोडकर अब हमे वापस निकलने की तैयारी करनी चाहिये|

[फिरोज ने जैसे ही गेट खोला मैने उस कागज का टुकडा डायरी में से निकाला जिस में राज के घर का पता लिखा हुआ था और उसी पते की मदद से हम राज के घर तक पहोंच पाए थे| उस छोटेसे कागज के टुकडे को मैने फिरोज अंकल के हाथ में थमाया और कहा]

वैशाली -

क्या ये लिखावट जो इंग्लिश में राज के घर का पता लिखा है| क्या ये राज की लिखावट है फिरोज अंकल?

फिरोज -

[फिरोज ने उस कागज के टुकडे की लिखावट को गौर से देखा| हाँ, ये तो राज की लिखावट है और फिरोज अंकल कुछ सोच में पड गए]

वैशाली -

ये कागज का टुकडा उस डायरी में से मिला था और इस कागज के टुकडे पर लिखे इंग्लिश भाषा की मदद से मै और प्रीती इस डायरी का राज जानाने के लिये हम यहा नाशिक से इतनी दूर तामिलनाडू आए थे|

फिरोज -

चलो माना ये डायरी राज की हो सकती है|

क्यु की राज हरनीप्रिया के लिये हिन्दी पढना लिखना शुरू कर दिया था और बहोत हद तक वो जेल जाने से पहेले हिन्दी बोलना और पढना सीख चुका था| तो ऐसा भी हो सकता है|

वैशाली -

[मैने फिर वो फोटो दिखाई जो डायरी में मिली थी]

क्या ये राज कि फोटो है?

फिरोज और रेनु -

[फिरोज और रेनु ने फोटो को देखा]

हाँ, ये तो राज की ही फोटो है|

वैशाली -

[मैने दोनों की तरफ देखा]

आप ही बताईए अंकल, आंटी इस भिकारी ने राज का पता और फोटो अपने मरते दम तक क्यु संभाले रखा? बताईए बताईए?

फिरोज और रेनु -

[एक दुसरे की ओर आश्चर्य से देखते हुए]

वैशाली -

आप दोनो तो राज को करीब से जानते हो ना? फिरोज अंकल, आप तो राज को बचपन से पहचानते हो?

फिरोज -

जी हाँ, तो क्या?

वैशाली -

तो आप मुझे एक बात बताईये क्या राज के शरीर पर कोई पैदाईशी निशान या कोई चोट का निशान हो जिससे हम राज की पहचान कर सके?

फिरोज -

बेटी, अब मुझे कुछ कुछ समझ में आ रहा है|

[फिरोज गाडी की ओर दौडा और मुझसे कहने लगा]

फिरोज -

बेटी जल्दी गाडी स्टार्ट करो, रेनु आओ बैठो गाडी में|

रेनु -

अचानक ये तुम्हे क्या हो गया फिरोज?

फिरोज -

गाडी मे बैठो तो सही सब बताता हुँ|

वैशाली -

[मैने गाडी स्टार्ट की]
    कहाँ जाना है अंकल?

फिरोज -

उसी मोर्चुरी (मुर्दाधर) में जाना है|

वैशाली -

पर क्यु अंकल?

फिरोज -

सवाल मत करो बेटी गाडी तेज चलाओ|
    [कुछ ही देर में हम सभी मोर्चुरी पहोंच गए] [गाडी
के रुकते ही फिरोज मॉर्चुरी के अंदर दौडा| मै और रेनु
आंटी गाडी साईड में पार्क करने चले गये]

फिरोज -

[मॉर्चुरी (मुर्दाघर) के चपरासी से हाथ जोडकर]
   प्लीज भैयाजी उस लाश को वापस दिखाना|

चपरासी -

उस भिकारी की लाश को?

फिरोज -

जी हां|

चपरासी -

ठीक है बाबूजी| चाबी लेकर आता हूँ|
   [चपरासी ने उस ड्रोवर से बाहर निकाला उस लाश को, तो फिरोज उस लाश को गौर से देखने लगा] [उस भिकारी की लाश के बाल - मुछे दाढी बहोत बडे हुए थे| सिर्फ ऊन घने बालों में उसके होंठ और बंद आँखे देखी जा सकती थी| बाकी पुरा चेहरा बालों से ढका हुआ था उतने में ही रेनु और मै वहां आ पहोंचे] [फिरोज उस लाश को बदहवस से देख रहा था| मानो पहेचानने की कोशिश कर रहा हो]

रेनु -

पहेले तुम उस लाश को देखना नही चाह रहे थे| अब उस लाश के चेहरे पर हाथ लगाकर क्या देख रहे हो फिरोज?

फिरोज -

[पीछे मुडा और रेनु से कहने लगा]
   नही रेनु ये मेरा राज नही है|
   [और रेनु को गले लगाकर रोने लगा]

चपरासी -

क्या बाबूजी? अभी आप सभी दो घंटे पहेले आए थे| क्या दो घंटे बाद लाश का चेहरा बदल जाता है? कमाल है यार|
   [फिरोज पीछे मुडकर चपरासी की बात सुनने लगा और जैसे ही वो लाश का ड्रोवर बंद करने लगा, फिरोज को वो लाश देखकर एक खिचाव सा मेहसूस हुआ| ड्रॉवर बंद होने ही वाला था, फिरोज चपरासी से]

फिरोज -

भैय्याजी रुको,

चपरासी -

अब क्या है बाबूजी?

फिरोज -

बस भैयाजी, दो मिनीट सिर्फ दो मिनीट|

चपरासी -

ठीक है बाबूजी, दो मिनिट क्या चाहे आप जितनी देर रहो पर जो करना है अभी करो| अगर फिरसे वापस

आओगे तो मुझे माफ ही कर दो। मै वहां बैठता हूँ। जैसे ही आप लोगों का हो जाए, मुझे आवाज दे देना ठीक है ना?

[चपरासी वहां से चला गया]

फिरोज -

[फिरोज ने अगले ही पल ड्रॉवर को पुरा खोला। लाश के शरीर पर जो कमीज थी उसकी बाए हाथ के कमीज की बाह को उपर किया और उपर करते ही दहाडे मारकर रोने लगा]

या अल्लाह ये सब क्या हो गया?

रेनु -

क्या हुआ फिरोज? तुम रो क्यू रहे हो?

फिरोज -

[फिरोज ने अपने हाथों के इशारों से उस लाश के बाये हाथ की ओर इशारा किया]

रेनु -

[लाश के थोडा करीब गई और चिखने चिल्लाने लगी]

हे भगवान, ये मेरे राज को क्या हो गया?

वैशाली -

आप दोनों क्यू रो रहे हो? क्या ये राज की लाश है?

[दोनों ने हाँ में सर हिलाया| मेरी आंखों से भी आंसू टपकने लगे| फिरोज वही अपना सर पकडकर नीचे बैठ गया]

वैशाली -

[रोते हुए]

फिरोज अंकल आप ने राज को पहचाना कैसे?

FLASH BACK

मैने तुमसे कहा था ना की हमारी कॉलेज की पिकनिक के लिये हम नाशिक आए थे| प्रिंन्सिपल सर ने कहा था जिसको भी जाना है वहां जाये पर अकेले नही किसी को साथ लेकर और हम सभी लंच पर मिलते है| रेनु और हरनी दुसरी लडकीयों के साथ घुमने चले गये| मै, राज और सागर दुसरी ओर| कुछ देर बाद हम सभी वापस साई बाबा के मंदिर के पास मिले| हरनी ने राज के बाये हाथ पर पट्टी देखी तो वो परेशान हो उठी|

फिरोज -

फिर मै और रेनु वहां से चले गये| हरनी ने सागर से कहां की मै और राज अकेले में कुछ वक़्त बिताना चाहते है| सागर चला गया फिर वो दोनो वही गोटीवाले साई मंदिर के पास बैठ गये|

हरनीप्रिया ने राज को अपने हाथ से पट्टी हटाने को कहां और जैसे ही राज ने अपने हाथ से पट्टी हटाई| हरनीप्रिया, राज के हाथ को बेतहाशा चुमने लगी| क्यू

की राज ने बहोत दर्द सहन कर के अपने हाथ पर हरनीप्रिया नाम गुंदवाया था जिसकी वजय से राज के हाथ में बहोत सुजन भी आ गई थी और बुखार भी| तब हरनी ने राज से पुछा|

हरनीप्रिया -

तुमने इतनी तकलीफ सेहन कर के मेरा नाम अपने हाथों पर क्यु गुंदवाया?

राज -

हरनी मै तुम्हारे लिये जान दे सकता हुँ| तो फिर ये दर्द क्या है?

हरनीप्रिया -

आय लव यु राज, आय लव यु

राज -

ये जो तुम्हारे नाम का टॅटू भले ही मैने अपने हाथ पर गुंदवाया हो पर इसकी लिखावट मेरे दिल पर जिंदगीभर के लिये छप चुकी है| अब तुमको मुझसे इस जन्म में कोई अलग नही कर सकता|

[और हरनी को गले से लगा लिया| चलो हरनी साई बाबा के मंदिर में चलते है]

हरनीप्रिया -

अरे राज, हम सभी तो कुछ देर पहेले ही बाबा के दर्शन कर के आए थे ना?

राज -

तुम चलो तो सही,

हरनीप्रिया -

ठीक है चलो|

[दोनों ने साई के चरणों के दर्शन किये और हरनी ने मजाकीया लहजे में राज से कहा]

मानो कल मै तुमसे बिछड गयी तो तुम मुझे कहा और कैसे ढुंडोगे?

राज -

[एकदम सिरीयस हो गया]

बिछडने की बात मत करो हरनी, मै तुमसे बिछडकर जी नही पाऊंगा|

हरनीप्रिया -

जी तो मै भी नही पाऊंगी और ना इस दिल में और कोई बस सकता है|

राज -

अगर तुम मुझे इस जीवन में ना मिली तो मै जिंदगीभर कभी भी शादी नही करुंगा|

हरनीप्रिया -

तो तुम्हे क्या लागता है राज? तुम अगर मुझे ना मिले तो मै जी पाऊंगी? नही बिलकुल नही| मैने ये जिंदगी तुम्हारे नाम कर दी है|

राज -

[बडी गंभीरता से] हरनीप्रिया चलो| आज हम साई चरणों में प्रतिज्ञा करते है|

हरनीप्रिया -

प्रतिज्ञा, कैसी प्रतिज्ञा राज?

राज -

[बडे प्यार से हरनी प्रिया को निहारता हुआ| हरनी के जुल्फों में हाथ फेरता हुआ मानो हरनी कल को हम बीछड गये तो?]

हरनीप्रिया -

नही राज, ऐसी अशुभ बाते मत करो| बिछडना शब्द सुनकर ही डर लगने लगा है|

राज -

बात तो तुम्हारी बिलकुल सही है| पर मानो हमारे ना चाहते हुए भी अगर ऐसा हुआ तो हम क्या करेंगे? कहा मिलेंगे? कैसे मिलेंगे?

हरनीप्रिया -

ये मै क्या जानू, तुम ही बताओ राज?

राज -

[साईबाबा के मंदिर को बहोत गौर से देखता हुआ]

हरनीप्रिया -

इतने गौर से क्या देख रहे हो राज?

राज -

चलो हम मंदिर से बाहर चालते है|

[राज हरनी दोनो मंदिर से बाहर आकर मंदिर से पंद्रह बीस कदम की दूरी पर आकर खड़े हो गए| राज मंदिर की ओर देखते हुए]

अगर हमारे जीवन में कभी ऐसा वक्त आ जाए और हम एक दुसरे से बिछड जाए, हम इसी साईबाबा मंदिर के सामने यहां जहां हम अभी खडे है तब तक एक दुसरे का इन्तजार करेंगे जब तक हम मिल ना जाए, क्यु हरनी ये ठीक रहेगा ना? **हरनीप्रिया-**

[हरनीप्रिया ने राज का हाथ अपने हाथ में लिया और कहा]

राज-

मै भी तुम्हारा यही इंतजार करुंगा ताउम्र, अपनी आखरी सांस तक|

[हरनी के सर पर हाथ रखकर]

ये मै तुम्हारी सर की सौगंध लेता हूँ| दोनों बहोत भाऊक हो गये और उतने मे ही सागर और रेनु वहा आ गये|

रेनु -
[उतने में सभी दोस्त वहा आ गये फिर रेनु मजाकीयाँ अंदाज में]

वा भाई राज, तुम तो असली मजनु निकले यार| फिरोज ने सब बता दिया मुझे|

[राज का हाथ पकडकर]

अपने हाथों पर, हरनीप्रिया का नाम लिखवा लिया वा भाई वा|

[फिर रेनु ने अपनी उंगलीयों को अपने ही सर पर बजाई (तोडी) और कहा भगवान तुम्हारे प्यार को सलामत रखे]

फिरोज -
[रेनु की मजाक उडते हुए]

रेनु तो दादी अम्मा बन गई राज आशीर्वाद दे रही है|

[और फिर हम सभी हसने लगे]

FLASH BACK RETURN
[यहां रेनु और फिरोज जोर जोर से रोने लगे]

फिरोज -
[हाथ जोडकर मुझसे माफी मांगने लगा और कहा]

वैशु आय एम सॉरी मैने आप को गलत समझा|

[और हम तीनों एक दुसरे को लिपटकर रोने लगे, मैने दोनों को समझाकर शांत किया]

मै आपकी मम्मी को मिलकर ये जानना चाहता हुँ की आखिर राज की मृत्यू कैसे हुई?

[मै, फिरोज अंकल, रेनु, आंटी घर आए और मम्मी ने राज के बारे में बताना शुरू किया]

FLASH BACK

जब डेड बॉडी पोस्ट मॉरटम के लिये भेज दी गई तब शाम को छानबीन करने वापस गंगा घाट आए और जो बहोत पुराने दुकानदार थे उनसे पुछताछ में पता चला|

दुकानदार -

ये भिकारी कही सालों से यही गंगा घाट पर ही रहाता था| इतने साल हो गये पर हममे से इस पागल भिकारी को कभी भी किसी ने भी न तो नहाते देखा ना ही अपने कपडों की साफसफाई करते देखा| बालों की जटा सी बन चुकी थी| मुछे इतनी बडी हो चुकी थी की होंठ दिखाई नही देते थे|

दाढी भी इतनी लंबी थी के कमीज के उपर के बटन लगाने की जरुरत ही ना हो जैसे सर्दी, गर्मी, बरसात का मानो उसपर कोई असर ही नही होता था, हमने देखा है| घंटो बरसात में भिगते हुए, वो उस साईबाबा के मंदिर के बिलकुल सामने खडा रहता|

दुकानदार -

और मानो बाबा से कोई शिकायत कर रहा हो जैसे आसपास देखकर कुछ ऐसे बडबडाता था जैसे कोई बगल में खडा हो| उस पर से एक अजीब किस्म की दुर्गंद आती थी| साफसफाई का कोई नमोनिशान नही था| कितने ही बार महानगरपालिका की गाडी भी उसे पकडकर पागलखाने में डालने के लिये आए पर वो कभी भी किसी के हाथ नही आया|

जैसे ही कोई उसे पकडने के लिये नजदीक आता तो वो उन्हे पत्थर से मारता| मॅडम जी पागल तो हमने बहोत देखे इस गंगाघाट पर, पर मुझे ये पागल कम और दिवाना ज्यादा लगता था| देखने में ऐसा मालूम पडता था मानो वो किसी की खोज में यहा आया हो?

दुकानदार -

वो पागलों की तरह यहां वहां ऐसे घुमता था मानो किसे धुंड रहा हो| हर आधे घंटे के बाद, वो साईबाबा के मंदिर के पास दौडकर जाता और यहां वहा देखकर फिर यहां वहां घुमने लग जाता, वो दिन रात यही काम दौराता रहता| एक बैचेनी सी देखी है| हम लोगों ने उसमे हमने उसे कभी इतने सालों मे भिख मांगते हुए भी नही देखा|

कला -

फिर उसका गुजारा कैसे चलता था?

दुकानदार -

अगर उसे कोई भी, कुछ भी खाने को देता, तो वो ले लेता था, कभी मना नही करता था| हाँ अगर कोई उसे पैसे देता तो वो पैसे उन्ही पर वापस फेंक देता|

दुकानदार-

एक अजीब सी बात थी उस पागल भिकारी में जो शायद ही किसी और पागल में होगी,

कला-

क्या अजीब बात थी उसमें?

दुकानदार-

वो किसी भी सुंदर लडकी को देखता तो वो उन्हे हरनीप्रिया हरनीप्रिया कहकर आवाज लगाता और उनके पास दौडकर जाता और उनकी शक्ल ताकने लगता| ईसी के चलते उसने सेकडों लोगों से मार खाया है| ऐसा कोई दिन नही गया हो जब वो ना पीटा हो| कही दफा तो लोगों ने उसे इस कदर पिटा की वो लहूलुहान हो जाता| वो पागल अपने जख्मों पर मिट्टी लगा लेता आखरी वक्त तक उसके शरीरपर कही जख्म ताजा थे|

दुकानदार-

वो पागल भिकारी तो इस दुनिया से चला गया पर उसके जख्म कभी नही भरे| बहोत लोगों ने ये पता लगाने की कोशिश की, की ये हरनीप्रिया ही क्यु पुकारता था

हर लडकियों को? पर कोई भी ये पता लगाने में सफल नही हो पाया और तो और उस पागल भिकारी ने इतने सालों में हरनीप्रिया के अलावा एक भी कोई दुसरा शब्द नही बोला था| वो भिकारी एक झोला लटकाए घुमता था मानो उस में कोई खजाना हो| वो उस झोले की हिफाजत अपने जान से ज्यादा करता था और हम सभी दुकानदारों ने और यहां के स्थानीय लोगों ने उस झोले का रहस्य जानने की कोशिश की पर सभी नाकाम हुए|

दुकानदार-

एक बार की बात है| हम सभी ने ठान ली की हम आज इस रहस्य का पता लगाकर ही रहेंगे की आखिर इस झोले में है क्या? हम आठ दस लोगों ने उस झोले को उससे छीनने का प्रयास किया पर उसकी ताकत के आगे हम हार गए|

हमने वो झोला हासील करने के लिये उसे बहोत पीटा था पर मजाल है की कोई उस झोले को छु भी पाए, हम उसे पीटते पीटते थक गए पर वो इतने लोगों का मार खाकर भी नही थका था| जाणे किस मिट्टी का बना था वो पागल? तभी से हमने उसके झोले के बारे में सोचना ही बंद कर दिया की क्या होगा उस झोले में?

FLASH BACK से वापस लौटकर

कला-

उसकी मृत्यू रातभर बारीश में भिगने और थंड से अकड
ने की वजह से हुई थी|

कला-

और जब उसकी मृत्यू हुई, तब भी उसने वो झोला अपने
सिने से लगाए रखा था| उसी वक्त जब हमने उस झोले
की छानबिन की तो उसमे से दो अलग अलग टूटी हुई
चप्पल, कुछ रोटी के तुकडे और एक मिठाई का डिब्बा
मिला जिस में ये डायरी थी|

फिरोज-

[फिरोज ने उस डायरी को चुमा| उसके आंसू थमने का
नाम ही नही ले रहे थे| उसने उस डायरी को सिने से
लगा लिया और उपरवाले से प्रार्थना करने लगा]

या अल्लाह मेरे राज को जन्नत अदा करे|

[रेनु, आंटी और मै भी बहोत फुट फुटकर रोये और
सोचने लगे की ऐसा प्यार किसी के नसीब में ना आए
जिससे उनकी हालत राज जैसी हो जाए]

राज ने जो हरनीप्रिया को वचन दिया था की अगर
हम कभी बिछडे तो हम एक दुसरे का इंतजार इसी
साईमंदिर के पास करेंगे| राज ने वो वचन मरते दमतक
निभाया|

[और फिरोज फुट फुटकर रोने लगा]

अरे मेरे भाई राज, तू तो चला गया पर जिंदगी के किसी मोड पर जब हमारी मुलाकात हरनीप्रिया से होगी और जब वो तुम्हारे बारे में पुछेगी तो मै क्या जवाब दुंगा मेरे भाई?

[रेनु की ओर देखकर]

बताओ ना रेनु, मै हरनीप्रिया को क्या जवाब दुंगा? तू तो चला गया पगले हमे छोडकर पर बेचारी हरनी का क्या?

[फिरोज डायरी को देखकर उसपर हाथ फेरते हुए]

वो भी तो तेरा इंतजार कर रही होगी मेरे भाई| हे अल्लाह, अब मै क्या करू? कहा धुंडू हरनीप्रिया को? कैसे बताऊँ की तेरा राज अब इस दुनिया में नही रहा|
[और फिरोज, रेनु एक दुसरे को लिपटकर रोने लगे]
[मम्मी और मैने दोनों को धाडस बंधाया| फिर मैने कहा]

[FLASH BACK भाग ४]

वैशाली-

जब मै आप लोगों से मिलकर चेन्नई से आई, तब मन में एक बेचैनी सी थी की हमने राज का घर तो धुंड लिया पर राज का पता नही लगा पाए और जब मै और प्रिती चेन्नई से वापस लौटकर अपने घर आए तब मम्मी मुझसे बहोत नाराज हुई क्यु की मम्मी को पता चल चुका था की हम अपने अपने घरपर झूठ बोलकर तामिलनाडू गए थे| ये तो जग जाहीर था की हमारे कॉलेज की कोई पिकनिक नही गयी थी|

वैशाली-

[अब हमारा झूठ पकडा गया था| मैने मम्मी को झठ से गले लगा लिया मम्मी को किस कर के सॉरी कहा]

मम्मी -

क्या अपने मम्मी पापा को झूठ बोलकर ऐसे कही भी घुमने चले जाना अच्छी बात है| नही ना?

वैशाली-

मै जानती हुँ मम्मी| मेरी गलती माफी योग्य नही है| [फिर मैने मम्मी को सच्चाई बताई और मम्मी की नाराजगी दूर हो गई| मैने मम्मी से कहा] तामिलनाडू का काम पुरा नही हुआ| इस काम को करने के लिये हमे लखनऊ जाना होगा नही तो उसके बगैर काम अधुरा ही रहेगा|

मम्मी-

ठीक है बेटी| पर मै तुम्हे परमिशन सिर्फ और सिर्फ चार ही दिनों की दे सकती हूँ|

वैशाली-

ठीक है मम्मी| आने जाने के लिये तीन दिन और काम के लिये एक दिन| ठीक है मम्मी, थँक यु| [मम्मी ने मुझे गले से लगाया और कहा]

मम्मी -

मेरा बच्चा संभाल कर जाकर आना, नया शहर है| जरा संभलकर और उस शैतान प्रिती को भी संभालना तेरी ही जिम्मेदारी है|

वैशाली-

डॉंट वरी मम्मी, मै सब देख लुंगी| फिर हम दोनो लखनऊ के लिये रवाना हो गये| स्टेशन से बाहर आते ही मैने एक बडी सी होर्डिंग देखी जिसपर लिखा हुआ था हरनीप्रिया कनस्त्रक्शन प्राईवेट लिमिटेड| हमे समझते दर नही लगी की वाक्य में हरनीप्रिया के पापा एक बहोत प्रसिद्ध व्यक्ती है और ये भी समझ मे आया की अब हरनीप्रिया का घर धुंड़ने में हमे कोई परेशानी नही होनेवाली है| हम हरनीप्रिया के घर पहोंच गये|

घर की घंटी बजाई, दरवाजे पर कोई आने तक हम घर का मुहायना करने लगे| वो सिर्फ एक घर नही, विशाल भवन था| मनो हम किसी महल के दरवाजे पर खडे थे| घर का दरवाजा खुला| हरनीप्रिया की माँ ने दरवाजा खोला था|

हरनीप्रिया की माँ -

हाँ कहिये, आप को किस से मिलना है?

वैशाली-

नमस्ते आंटी|

हरनीप्रिया की माँ-

जी नमस्ते।

वैशाली-

दरसल हम दोनों हरनीप्रिया के साथ ही पढते थे। हम सभी एक ही क्लास में थे तामिलनाडू में। हम यहां लखनऊ घुमने आए थे, सोचा हरनीप्रिया को मिलते जाए।

प्रिती-

अरे हाँ आँटी, हरनीप्रिया ने कहा था, जब भी लखनऊ आओ तो घर जरूर आना। बस ईसीलिये आए है।

[फिर प्रिती शरारत भरे अंदाज में]

अगर हम उसे ना मिले और उसे पता चल जाये की हम लखनऊ आए और उसे नही मिले तो फिर हमारी खैर नही समझो। क्यु वैशू सही कहा ना मैने?

वैशाली-

हाँ बिलकुल सही। हरनी से कौन पंगा लेगा यार?

प्रिती-

[फिर शरारत भरे अंदाज में]

क्यु आँटी, अंदर बुलाने का इरादा नही है क्या हमें?

आँटी-

[आंटी की आँखे नम हो गई और कहने लगी]

अरे नही बेटा ऐसी बात नही है| आ जाओ अंदर आ जाओ बैठकर बाते करते है हम|

प्रिती-

अरे ये क्या आंटी? हमारे आने से आप को ख़ुशी नही हुई?

आंटी-

नही ऐसी कोई बात नही है बेटा| आप दोनो बैठो मै आप के लिये कुछ लाती हुँ|

प्रिती-

[प्रिती ने घर को देखना शुरू किया और मुझसे कहने लगी]

यार वैशू पार्टी तो सॉलीड मालदार लग रही है| क्या घर है यार? क्या शानो शौकत? भाई राज की तो निकल पडी| मुझे भी कोई ऐसा मालदार लडका मिल जाये तो लाईफ में मजा ही आजाएगा बाय गॉड| [प्रिती मुझसे सिरीयसली होकर बोलने लगी]

सुन पगली, अगर आँटी बाहर आए, तो उनसे पुछना, क्या उनका कोई जवान बेटा है?

वैशाली-

[हसते हुए]

तू नही सुधरनेवाली|

प्रिती-

मै मजाक नही कर रही हूँ| लाईफ सेटल हो जाएगी यार मेरी|

[उतने में ही नौकारानी हाथ में ज्यूस लेकर आई और पीछे पीछे आँटी]

[अब ज्यूस पिते पिते बातें होने लगी]

आँटी क्या हरनीप्रिया की शादी हो चुकी है या बाकी है?

आँटी-

क्या तुम वाक्य में हरनीप्रिया के बारे मे जानना चाहती हो?

वैशाली प्रिती-

[एक साथ]

जी आँटी जी|

आँटी-

आंटी ने एक गहरी सांस ली और कहा चलो हम गॅलरी में चलते है|

[सभी गॅलरी में आ गए| गॅलरी से सीधा मेन रोड नजर आता था| मेन रोड की ओर आँटी इशारा कर के]

उसी मेन रोड पर हरनी की नजर टिकी रहती थी| वो पुरा पुरा दिन इसी गॅलरी में खडी रहकर उस मेन रोड की ओर देखती रहती थी मानो कोई आनेवाला है| जिसका हरनी को बेसबरी से इंतजार है| बेटा जब

से हरनी तामिलनाडू से पढाई खत्म कर के आई है वो बहोत गुमसुम सी रहने लगी थी| चेन्नई जाने से पहेलेवाली हरनी और चेन्नई से लौटकर आनेवाली हरनी में जमीन आसमान का फर्क था| हरनी पुरा पुरा दिन गॅलरी में ही बिताती अगर हम खाने के लिये भी उसे आवाज देते, तो वो कोई जवाब नही देती, मनो उसने आवाज सुनी ही ना हो|

वैशाली-

तो क्या फिर आप ने हरनी से ऐसे गुमसुम रहेने का कारण नही पुछा?

आँटी-

[एक गहरी सांस लेकर]

बहोत बार पुछा बेटा पर कोई जवाब नही मिला हमें| पुछने पर वो वहां से उठ जाती और जाकर अपने बेडरूम का दरवाजा बंद कर के ना जाने अंदर क्या करती थी वो? ये सिलसिला दो साल तक चला|

प्रिती-

फिर क्या हुआ आँटी?

आँटी-

फिर मैने और हरनी के पापा ने हरनी की शादी करने की सोची तब हरनी के पापा ने मुझसे कहा, पहेले हरनी से इसके बारे में बात कर लो फिर देखते है| आगे क्या

करना है| एक शाम हरनी अपने बेडरूम में लेटी हुई थी, तब मै उसके लिये चाय लेकर गई तब हम दोनो चाय पीते पीते ही बात करने लगे| मैने माहोल को हलका फुलका बनाने के लिये कुछ चुटकुले सुनाने शुरू किये| चुटकुले सुनकर हरनी के चेहरे पर हसी देखकर मेरे आंखों में खुशी के आंसू आ गये| मौका देखकर मैने हरनी से कहा, मैने और पापा ने मिलकर तेरी शादी करने का फैसला किया है|

आंटी-
पापा तुम्हारी मर्जी जानना चाहते है|

हरनीप्रिया-
ये मुझसे न हो पायेगा माँ|

आंटी-
बेटी तुम तो जानती ही हो ना? बेटी पराया धन होती है| हर बेटी को एक ना एक दिन अपना मायका छोडकर ससुराल जाना पडता है|
[हरनी ने कोई जवाब नही दिया]
क्यू बेटी इसका कोई जवाब नही दोगी| क्या मै गलत कह रही हूँ|

हरनीप्रिया-
ऐसी बात नही है माँ| दरसल इतना कहकर हरनी चुप हो गई|

आंटी-

दरसल क्या बेटी, जो कहना है साफ साफ कहो|

हरनीप्रिया-

[कुछ क्षन शांत रही और फिर कहां]
     मै किसी से प्यार करती हू माँ|

माँ-

[शॉक्ड होकर]

     क्या बात कर रही हो बेटी? हमे तुमसे ये उम्मीद
नही थी| हमने तुम्हे इतनी आजादी दी| तुमने उसका
गैर फायदा उठाया बेटी|

हरनीप्रिया-

नही मम्मी, आप गलत समझ रही हो,

माँ-

अब तु हमे सही और गलत का फर्क सिखाएगी?
समझाओगी

हरनीप्रिया-

नही मम्मी, मै आपको सिखा नही रही हूँ| वाक्य में वो
बहोत अच्छा लडका है| माना वो बहोत गरीब है| पर
दिल का बहोत अमीर है| (१०५)

माँ-

क्या वो हमारे बिरादरी का है बेटी?

हरनीप्रिया -

नही माँ| वो तामिलनाडू का रहेनेवाला है| एक साधारन परिवार का लडका है| घर में सिर्फ वो और उसकी माँ ही है|

माँ-

बेटी वो करता क्या है?

हरनीप्रिया-

माँ दरसल वो अभी जेल में है|

माँ-

[चौंककर]

क्या? क्या बक रही है तु? तुम्हारा दिमाग तो ठिकाने पर है ना?

[गुस्से में]

हाँ तुमने कहा ना वो गरीब है| तो पक्का चोरी चकारी के केस में जेल गया होगा| क्यू ठीक कहा ना मैने?

हरनीप्रिया-

नही माँ, वो चोर नही है|

माँ-

[गुस्से से]

तो फिर साहबजादे को किस जुल्म में जेल भेजा गया? बताओ तो जरा।

हरनीप्रिया-

माँ दरसल वो एक हत्या के इलजाम में जेल काट रहा है। पर वो उसने जानबुझकर नही किया, वो गलती से हो गया, माँ, प्लीज मेरा यकीन मानो।

माँ-

[गुस्से से तालिया बजाती हुई खडी हो गई]

शाब्बाश बेटी, वाह क्या लडका चुना है तुमने? मै तो खुशी से पागल हो रही हूँ। जब तेरे पापा को पता चलेगा ना? वो तो ऐसा दामाद पा कर बहोत खुश होंगे। बताओ बेटी, शादी यहां हमारे घर पर रखते है या फिर जेल में?

[हरनी अपनी माँ को लिपटकर जोर जोर से रोने लगी और कहने लगी]

हरनीप्रिया-

मै उसके बगैर जी नही पाऊंगी माँ।

माँ-

बेटी तुम्हारे और हमारे लिये यही अच्छा होगा की तुम उस लडके को भूल जाओ ये कैसा मुमकिन है की हम हमारी बेटी की शादी एक ऐसे लडके से कर दे जो गरीब

तो है ही| और उपर से जेल में भी है| बेटी अब तुम जानबुझकर खाई में गिरना चाहती हो, पर हम हमारे जीते जी ऐसा बिलकुल भी नही होने देंगे| बेटी हम तेरा बुरा होते हुए कैसे देख सकते है? आखिर मैं तेरी सगी माँ हूँ, सौतेली नही|

हरनीप्रिया-

नही माँ, भगवान के लिये ऐसा मत कहो, आप और पापा तो मेरी जिंदगी हो, आप दोनों के बगैर मै कुछ भी नही|

माँ-

[माँ ने हरनी के हाथ को अपने सर पर रखवाकर कसम दिलवाई]

माँ-

तुम्हे मुझे आज एक वचन देना होगा हरनी, हम जहां तुम्हारी शादी करवाना चाहे तुम वहां राजी ख़ुशी से शादी कर लोगी,

[रोते हुए हरनी ने हां में अपना सर हिलाया, तब माँ ने हरनी को गले से लगा लिया और दोनो रोने लगे| फिर माँ अपने आंसू पोछते हुए वहां से चली गई]

[हरनी अपने आप को ऐसा ठगा हुआ मेहसूस करने लगी जैसे जिंदगीभर की संपत्ती मिनटों में किसी ने ठग लिया हो, वो ऐसा मेहसूस करने लगी मानो वो बीच समुंदर में मजधारों के बीच फस गई हो| जैसे एक तरफ

कुंआ तो एक तरफ खाई| एक तो प्यार की कसमे तो दुसरी तरफ घरवालों की ईज्जत|

अब हरनी पहेले से ज्यादा गुमसुम सी रहेने लगी| पापा ने एक अच्छा लडका देखकर हरनी की शादी पक्की कर दी और वो दिन भी आ गया|

घर को सजाया गया, चकाचोंद रोशनी से घर जगमगा उठा| मेहमानों से घर खचाखच भरा हुआ था| हलदी की रसम, मेहंदी की रसम, रतजगा महिला संगीत जैसे कार्यक्रम हो रहे थे पर हरनी हर क्षन राज के आने का इंतजार में गुजारने लगी| राज तो आया नही पर हा दरवाजे पर बारात आ गई, ये कैसी कसम थी, शादी का वादा किसी ओर से था पर सात फेरे मे किसी ओर के साथ बंध गई थी वो, लोगों के लिये तो आज का दिन खुशनुमा था पर हरनी के लिये मानो वो कोई अंधियारी गली की ओर जा रही थी| कदम रोक नही सकती थी और पुरा भविष्य अंधकार से घीरा नजर आने लगा| सभी को ऐसे लगा विदाई के वक़्त हर लडकी रोती है पर हरनी के आंसू कुछ और बया कर राहे थे| विदाई के हर एक पल के साथ हरनी अपने आप को थका हुआ सा मेहसूस करने लगी थी, मानो उसकी कोई मंजिल ही नही है| अब उसकी कोई इच्छा बाकी ना रही हो, बेचारी हरनी अभी करे भी तो क्या? प्यार का वादा निभा नही पाई और वो शादी के बोझ को ढोना नही चाहती थी| हरनी की विदाई बडे धूमधाम से हुई, आज हरनी की सुहागरात थी| हरनी को सुहागरात की सेज पर बिठाया गया| हरनी एक बेजान सी गुडिया जैसी

बैठी रही| सहेलीयों ने हरनी को अकेला छोडकर कमरे की कुंडी बाहर से लगा दी और बाहर आकर दुल्हेराजा को अंदर जाने से रोक दिया और अपने जिजा से पैसे मांगने लगी| जिजा इन्कार करता रहा और सालीया पैसे मांगती रही| इस जिजा साली के खेल में घंटा दो घंटे बीत गये| फिर वहा दुल्हे की माँ और बहन आ गये और ऊन लडकियों से कहने लगे|

लडकियों अब बस भी करो, तुम्हारे जीजू को अंदर जाने दो| लडकियाँ पैसे लेने के बाद मान गई| दुल्हा कमरे की कडी खोलकर अंदर गया अगले ही पल दुल्हा चिल्लाकर लड़खडाते कदमों से बाहर आया, रोने बिलगने लगा और अपने हाथों से सुहागरात के कमरे की ओर इशारा करने लगा| सभी बाराती उस कमरे की ओर दौड पडे| सभी शांत और स्तब्ध खडे रहे| इतना कहकर आंटी शांत हो गई|

प्रिती-
फिर क्या हुआ आंटी जी?

आँटी-
तुम्हे हरनी से मिलना है ना?

वैशाली-
जी आँटी जी, हम उसी के लिये तो आए है|

आंटी-

चलो हरनी के बेडरूम में|

[सभी गॅलरी से बेडरूम में पहोंचे]

अपने हाथों के इशारे से हरनी की एक बडी सी तसवीर दिखाई जो दिवार पर टंगी थी और उस तसवीर पर फुलों की माला लगी हुई थी|

वैशु-

वॉट? हरनी इस दुनिया में नही है?

[शॉक्ड होकर]

ओ माई गॉड! पर हरनी की मृत्यू कैसे हुई आंटी जी?

आंटी-

[आंटी ने फिर आगे की कहानी सुनाना शुरू किया]

जब दुल्हा बाहर दौडकर आया, तब सारे बाराती सुहागरातवाले रूम में गये तो देखा हरनी अपनी शादीवाली लाल साडी को अपने गले में बांधकर पंखे से झूल रही है| पर अब बहोत देर हो चुकी थी| हरनी के प्राणपखेरू उड चुके थे|

[आंटी के आखों में आंसू थे, प्रिती भी सिसक सिसक कर रो रही थी| मेरे भी आंसू थमने का नाम नही ले रहे थे| कुछ पल बाद आंटी ने अपने आंसू पोछे और एक हलकी सी मुस्कान के साथ प्रिती और मुझसे कहा]

आंटी-

मै जानती हूँ तुम दोनो हरनी के साथ नही पढ़ती थी|

वैशाली-

वो कैसे आंटी?

आंटी-

[एक हलकी सी मुस्कुराहट के साथ]

क्यों की आज हरनी जिंदा होती तो वो शायद पचास वर्ष की होती और तुम दोनों बीस, इक्कीस से ज्यादा की नही हो| क्यू सही कहां ना मैने?

[मैने और प्रिती ने कोई जवाब नही दिया]

अगर आज हरनी के बच्चे होते तो शायद वो भी तुमसे बडे ही होते|

वैशाली-

हमे माफ कर दो आंटी|

आंटी-

कोई बात नही बेटा और मै ये भी नही पुछुंगी की तुम हरनी के बारे में इतनी क्यू छानबीन कर रही हो?

आंटी-

मै जान चुकी हू तुम्हारा मन गंगाजल की तन्ह पवित्र है|

FLASH BACK RETURNS

फिरोज -

[रेनु और फिरोज और जोर जोर से रोने लगे]

क्या बात कर रही हो बेटी, हरनी, हमारी हरनी अब इस दुनिया में नही रही? पुरा माहोल भाऊक हो चुका था| एक ही दिन में दो दो मौत की खबरें, मानो फिरोज और रेनु के पैरोंतले जमीन निकल गई हो|

FLASH BACK RETURNS TO FIRST SCENE

[वैशाली पत्रकारो से बात करती हुई]

आप ने मुझसे दो सवाल किये थे| पेहेला की मै डॉक्टर ना बनकर पत्रकार क्यो बनी? और दुसरा, मेरी लव मॅरेज हुई या अरेंज मॅरेज?

वैशाली -

पहेले का जवाब है| अगर मै डॉक्टर बन जाती तो हो सकता था| मै बहोत से लोगों की जान बचाने में कामयाब हो जाती पर मै एक लेखक बनकर उन लोगों को जिंदा करने का प्रयास किया है| जिन्हे जमानेवालों ने सदा सदा के लिये भुला चुके थे और अगर मै लेखक ना बनती तो इनकी प्रेम कहानी को कौन उजागर करता? राज और हरनीप्रिया इतनी बडी दुनिया में गुमनाम ही रह जाते| मानो वो इस धरती पर कभी पैदा ही नही हुए थे| सभी पत्रकारों ने खडे होकर वैशाली के लिये तालियाँ बजाई और फिर वापस बैठ गये|

वैशाली-

अब आप लोगों के दुसरे सवाल का जवाब की मेरी लव मॅरेज हुई है या अरॅंज मॅरेज? तो सुनिये, मेरी अरॅंज मॅरेज हुई थी, मम्मी पापा की मर्जी से मेरे हाँ कहने पर और मै अपने पती के साथ बहोत खुश हूँ| मेरे मन में कभी भी किसीसे प्यार करने की इच्छा नही जागी और ना ही मुझे शादी से पहेले किसीसे प्यार हुआ| प्यार शब्द से सच मानो तो मुझे डर भी लगता था क्युकी मै राज हरनीप्रिया के प्यार से गुजर चुकी थी| मैने उनसे मिले बिना ही उनके प्यार को बहोत करीब से मेहसूस किया है|

महिला पत्रकार-

फिर राज की लाश का क्या हुआ?

वैशाली-

फिरोज अंकल एक मुसलमान होते हुए भी पुरे हिंदू रिती रिवाज के साथ राज को अग्नी दी| उन्होने अपने दोस्ती के रिश्ते को और इन्सानियत का फर्ज अदा किया| सोचो तो एक साधारन सी बात है| और मानो तो दोस्ती की एक मिसाल है|

वैशाली-

बस यही थी कहानी इन्तजार एक प्रेम कथा की जो आप सभी मुझसे जानना चाहते थे की ये कहानी का जन्म

कैसे हुआ हकीकत में ये कोई काल्पनिक कहानी नही, यह सत्य है|

बस, ये एक ही वजय थी मेरी डॉक्टर ना बनके मै एक लेखिका बन गई| इतना कहने के बाद वैशाली अपने चेयर पर से उठकर खडी हो गई| हाथ जोडकर सभी पत्रकारों का अपने घर पधारकर इंटरव्यू लेने के लिये धन्यवाद किया| बदले में पत्रकारों ने भी अभिवादन स्वीकारा|

मैं लेखक, राजू व्यंकट स्वामी, अपने पाठकों से उम्मीद करता हूँ की उन्हे, मेरी लिखी यह उपन्यास (नॉवेल) (ईन्तज़ार एक प्रेम कथा) की कहानी पसंद आई होगी| मै अपने सभी पाठकगण का तय दिल से धन्यवाद करना चाहता हूँ| आप सभी ने इतने भागदौडवाली जिंदगी में से मैने लिखी नॉवेल के लिये आपका किमती वक्त निकाला उसके लिये शुक्रिया, धन्यवाद| पाठकों हम फिर जल्द ही मिलेंगे नयी कहानीयों के साथ,

1) क्या यही प्यार है? (अनकंडीशनल लव स्टोरी)
2) दि गेम प्लान, एक खेल (एक मर्डर मिस्ट्री)

प्रेमकहानी जो आपका भरपूर मनोरंजन करेगी| तब तक के लिये अलविदा दोस्तों| पाठको यह मेरी दुसरा उपन्यास होने के कारण हो सकता है| आप को इसमे बहोत सी त्रुटीया या कमी नजर आए तो कृपा कर के मै आप सभी से हाथ जोडकर क्षमा चाहुंगा अगर आप के कुछ सुझाव हो तो आप मेरे ई-मेल आयडी पर जरूर

लिखे या मेरे घर के पते पर मुझे लिखकर भेजे| मुझे आप के सुझाव का ईन्तज़ार रहेगा, धन्यवाद|

ई - मेल आयडी: **raju.swamy884@gmail.com**

घर का पता : राजू व्यंकट स्वामी

घर क्रमांक ४६२, धोंडू गोडसे

माळा, रेलवे गेट के पास, संसारी

गांव, देवलाली कॅम्प, तालुका, जिल्हा

नाशिक, महाराष्ट्र राज्य

(भारत), पिन - ४२२४०१

जल्द ही मिलेंगे|

नमस्कार,

जय हिंद, जय भारत

वंदे मातरम

समाप्त

THE END

* 9 7 9 8 8 9 1 8 6 9 9 3 6 *